Nous remercions le ministère du Patrimoine canadien,
la SODEC et le Conseil des Arts du Canada
de l'aide accordée à notre programme de publication

  Patrimoine Canadian
canadien Heritage

 Conseil des Arts Canada Council
du Canada for the Arts

ainsi que le Gouvernement du Québec
– Programme de crédit d'impôt
pour l'édition de livres
– Gestion SODEC.

Nous reconnaissons l'aide financière
du gouvernement du Canada
par l'entremise du Programme d'aide au développement
de l'industrie de l'édition (PADIÉ) pour ce projet.

Illustration de la couverture :
Luc Normandin

Couverture :
Conception Grafikar

Édition électronique :
Infographie DN

Dépôt légal : 2e trimestre 2006
Bibliothèque nationale du Canada
Bibliothèque nationale du Québec

123456789 IML 09876

Nuits rouges

DU MÊME AUTEUR
AUX ÉDITIONS PIERRE TISSEYRE

Collection Papillon

La folie du docteur Tulp, 2002
(en collaboration avec Marie-Andrée Boucher Mativat).

Collection Chacal

La maudite, 1999.
Quand la bête s'éveille, 2001.

Collection Conquêtes

L'Ankou ou l'ouvrier de la mort, 1996.
Terreur sur la Windigo, 1997 (finaliste au Prix du Gouverneur
général 1998).
Ni vous sans moi, ni moi sans vous, 1999 (finaliste au prix
M. Christie 2000).
Siegfried ou L'or maudit des dieux, 2000. (finaliste au prix
M. Christie 2001).
Une dette de sang, 2003.
La porte de l'enfer, 2005.

Aux Éditions Hurtubise/HMH (jeunesse)

Le fantôme du rocker, 1992.
Le cosmonaute oublié, 1993.
Anatole le vampire, 1996.

Aux Éditions Triptyque

Le métier d'écrivain au Québec (1840-1900), 1996.
Dictionnaire des pensées politiquement tordues, 1997.

Données de catalogage avant publication (Canada)

Mativat, Daniel, 1944-

Nuits rouges

(Conquêtes ; 109. Roman)
Pour les jeunes de 14 ans et plus.

ISBN 2-89051-961-9

I. Normandin, Luc. II. Titre. III. Collection :
Collection Conquêtes ; 109. IV. Collection :
Collection Conquêtes. Roman.

PS8576.A828N84 2006   jC843'.54   C2006-940204-3
PS9576.A828N84 2006

Daniel Mativat

Nuits rouges

roman

**ÉDITIONS
PIERRE TISSEYRE**

5757, rue Cypihot, Saint-Laurent (Québec) H4S 1R3
Téléphone : (514) 334-2690 – Télécopieur : (514) 334-8395
Courriel : ed.tisseyre@erpi.com

À Geneviève,
à qui ce livre doit énormément,
et à Patrice, qui aime tant l'Histoire,
la grande et la petite.

Celui qui perd son rêve est perdu.

Proverbe aborigène

LA RÉGION DE SAINT-EUSTACHE EN 1837

I

Saint-Eustache,
le 16 novembre 1837

— **M**arche donc, Princesse, allez ma belle, plus vite! Cours! Vole! Yeaaah!

Debout à l'avant de son *berlot**, Désiré brandit son fouet et le fait claquer juste au-dessus des oreilles de son cheval. Il se retourne. Le *sleigh** de Narcisse est loin derrière lui. D'un geste sec, il fait claquer les guides. La petite jument noire accélère son allure en secouant sa crinière au milieu d'un joyeux tintement de grelots.

Après une première tempête de neige, le gel a déjà figé dans la glace les profondes ornières du chemin du Grand-Chicot. Le traîneau cahote rudement, mais Désiré continue d'encourager son cheval qui, maintenant, galope à une vitesse folle.

Il jette à nouveau un coup d'œil par-dessus son épaule. Il a pris tant d'avance sur l'autre attelage qu'il relâche la bride de l'animal. Docile, Princesse abaisse son encolure et adopte un trot allongé.

— Tout doux ! Tu es une bonne fille !

Derrière, montée sur ses hauts patins de fer, l'élégante voiture de son rival se rapproche. Bleu de colère et la barbe blanche de givre, Narcisse Cheval gesticule en proférant des insultes qui se perdent dans le vent. Il franchit en trombe le pont de bois enjambant la rivière, et son *sleigh* manque de se renverser.

La croix de chemin plantée devant la ferme des Cheval est maintenant toute proche. Désiré ralentit encore un peu plus, uniquement pour le plaisir de narguer le fils du plus riche habitant des Deux-Montagnes, qu'il vient encore de battre à la course. Comme chaque dimanche.

Il passe devant la croix dans un tourbillon de neige. C'est là que leurs chemins se séparent. Désiré fait tournoyer son fouet et pousse un cocorico triomphal.

Narcisse s'est arrêté devant sa porte. Il resserre rageusement sa ceinture fléchée* sur son *capot de chat** et montre le poing en hurlant :

— Un jour, j'aurai ta peau !

Désiré éclate de rire.

— Encore faudrait-il que tu me rattrapes, bonhomme !

Narcisse Cheval et Désiré Bourbonnais se sont toujours détestés. Riche et arrogant, le premier est l'enfant unique d'Eustache Cheval, gros propriétaire terrien, ami personnel des seigneurs de la région, c'est-à-dire des Dumont, des Globenski et des Laviolette. Narcisse est aussi un *chouayen** enragé, vendu corps et âme aux Anglais.

Natif de Beauharnois, Désiré, lui, n'est qu'un simple apprenti forgeron. Il ne fait pas de politique. Les chevaux sont sa seule passion. Narcisse a tout. Désiré n'a rien, à part Princesse, un robuste canadien*. Or, le problème est là. Chez les Cheval, patronyme oblige, on est aussi amateur de chevaux. De père en fils, on a toujours eu les étalons les plus fringants et remporté toutes les courses, qu'il s'agisse de compétitions organisées sur la glace de la rivière Jésus[1] ou de ces simples galopades dans lesquelles on se lance par défi, le dimanche après la messe.

---

[1] Ancien nom de la rivière des Mille-Îles.

Pour Narcisse, chaque victoire remportée par Désiré est donc un véritable affront, une insulte à l'honneur même d'une famille qui ne souffre pas qu'on puisse porter atteinte à son sentiment de supériorité et nuire de quelque manière que ce soit à son appartenance au cercle des notables.

Tout en lui ôtant son harnais, Désiré passe la main sur le chanfrein* de Princesse.

— Tu as vu comment on l'a eu, le Narcisse. Une beauté !

Le cheval semble approuver d'un hennissement et frotte affectueusement son museau sur l'épaule de son maître. Désiré vient à peine de rentrer sa jument à l'écurie et de lui installer son sac de picotin qu'une voix forte l'appelle de l'intérieur de la boutique.

— C'est toi, Désiré ? Où tu étais ? Qu'est-ce que tu *brettes** encore ? Penses-tu que je te paie pour faire courir ton maudit cheval ? Arrive, j'ai besoin de toi !

Désiré, sans se presser, continue de soigner son cheval. Il connaît bien son patron. Bourru mais brave homme. Quand il a fini, il secoue la neige qui colle à son *capot**, puis prend encore le temps de démêler les mèches rebelles de sa tignasse blond roux avant d'entrer dans l'appentis, où Tancrède Chauvin est en train de ferrer un solide percheron*.

— Ah! Te voilà! C'est pas trop tôt. Tiens la patte de ce diable-là. Il va tout démolir. Il m'a rué tantôt, et j'ai failli avaler les clous que j'avais entre les dents. Pas vrai Hippolyte?

Désiré enfile son tablier de cuir pendant que le forgeron retourne à son enclume rectifier le fer. Dans la demi-obscurité, le jeune apprenti devine les visages des habitués qui, chaque jour, viennent fumer la pipe et échanger les dernières nouvelles. À la lueur des braises, il reconnaît Augustin Labelle, un tanneur de la côte Saint-Louis, Hippolyte, le clerc de notaire de maître Girouard de Saint-Benoît, et, plus près du foyer, le profil d'aigle de Louis Bourguignon.

La discussion est animée, et, chaque fois que le soufflet ranime le feu en faisant tourbillonner une pluie d'étincelles, l'un d'eux reprend la parole en lâchant un nouveau juron.

Il faut dire que, depuis quelques mois, l'exaspération est vive dans tout le comté des Deux-Montagnes comme dans le reste du Bas-Canada[2]. À chaque conversation, il n'est

---

[2] Au XIXe siècle, le Québec est désigné par le nom de Bas-Canada, et l'Ontario par celui de Haut-Canada.

question que de la «clique du château» qui entoure le gouverneur, de tous ces *chouayens*, fonctionnaires véreux, marchands sans scrupules et anciens seigneurs qui, vendus aux Anglais, s'en mettent plein les poches. Hippolyte vient souvent avec la gazette* et, comme il est avec Désiré le seul à avoir un peu d'instruction, il lit à haute voix les derniers articles rapportant les joutes parlementaires et les brillants discours dans lesquels Papineau, le chef patriote, dénonce le joug que la perfide Albion* fait peser sur la colonie. Tous écoutent attentivement même s'ils ne comprennent pas exactement ce qui se passe. Ils savent qu'il y a eu de grandes assemblées populaires dans la vallée du Richelieu, qu'on a voté douze résolutions invitant à boycotter les produits importés d'Angleterre et que certains ont même proposé l'annexion aux États-Unis. Jusque-là, ce n'était rien que des discours et de la politique. Juste de quoi se chicaner un peu entre amis. Mais cet été, les choses ont pris un tour plus inquiétant. À peine la jeune reine Victoria montée sur le trône, voilà que débarque un nouveau gouverneur, Gosford, bien décidé à mater les «rebelles». Le Parlement est dissous. À Montréal, les fanatiques anglais progouvernement et les «fils de la liberté», militants patriotes, se battent dans les rues à coups de pierre et de gourdins.

Comment cela va-t-il finir ? Bien malin qui peut le savoir. En effet, d'après le journal, il semble que la bisbille divise même les *Canadiens** entre eux. Pour certains, il faut continuer à se battre en Chambre et paralyser le commerce. Pour d'autres, le temps est venu de prendre les armes. Qui a raison ?

Louis est le plus enragé. Il revient de Montréal, où il s'est bagarré et a reçu sur la tête un coup de manche de hache. Il ôte sa tuque de laine bleue pour montrer son crâne entouré d'un pansement ensanglanté.

— Ça s'est passé sur le Champ-de-Mars. On manifestait avec des banderoles contre ce gros porc de Gosford³ quand des *boulés** du Doric Club⁴ nous sont tombés dessus. Les soldats appelés pour rétablir l'ordre ont tiré sur nous.

— De vrais sauvages ! appuie Augustin. Il paraît qu'ils mettent le feu aux journaux des Patriotes, qu'ils démolissent les imprimeries et qu'ils cognent sur tous ceux qui ne sont pas d'accord avec eux. C'est mon oncle qui m'a dit ça. Ils ont lancé des roches dans les vitres de son magasin.

---

³ Gouverneur de 1835 à 1838, au moment des troubles ayant mené à la révolte de 1837.

⁴ Tout comme la Légion bretonne, association de Britanniques farouchement opposée aux Patriotes.

— Jusqu'à quand on se laissera humilier? Maudits Anglais! Maudits ceux qui les servent! Ils accaparent les meilleurs postes. Ils nous volent nos terres…, s'indigne à son tour Louis Bourguignon en crachant le jus de sa pipe.

— Oui, à bas le gouverneur et toute sa bande de Bureaucrates[5]! lance Hippolyte, qui n'a pas cessé de hocher la tête pour approuver les propos enflammés des deux jeunes patriotes. À bas le gouvernement, et suivons tous le mot d'ordre de Papineau: ne consommons plus que des produits canadiens pure laine. Le meilleur moyen de combattre l'Angleterre, c'est de ne plus rien acheter d'elle!

Occupé à limer la corne d'un des sabots du percheron, Désiré se met à rire.

— Et tu crois, mon bon Hippolyte, que c'est en t'habillant avec ton *capot* d'étoffe du pays et en sucrant ton thé de contrebande avec du sucre d'érable que tu vas chasser les *habits rouges*[6]?

Louis Bourguignon s'avance alors dans la clarté rougeoyante du foyer et pose sa main sur l'épaule de l'apprenti.

---

[5] Autre surnom donné aux partisans du gouverneur et de la Couronne britannique.

[6] Surnom donné aux soldats anglais.

— Il a raison : comme l'a si bien dit un des nôtres, ce n'est plus le moment de discuter, c'est le temps de sortir nos vieux fusils, de fondre nos plats et nos cuillères d'étain pour faire des balles. Vaincre ou mourir. Voilà la vraie devise d'un Canadien qui a le cœur à la bonne place.

Désiré se remet à rire.

— Tu m'écoutes pas, mon Ti-Louis. Ce que j'en disais, c'est qu'on aura beau pousser des cris et brûler des épouvantails, les Anglais ne s'envoleront pas de sitôt. Autant les laisser picorer dans notre jardin et continuer nos petites affaires…

Maître Tancrède, qui, jusqu'ici, s'est abstenu de tout commentaire, fait la grimace en plongeant dans un baquet d'eau froide le fer rouge qu'il vient de marteler.

— Vos grands défenseurs de la liberté, les Papineau et les Nelson, rien que des grands parleurs. Au premier coup de fusil, ils détaleront comme des lapins, et c'est vous, pauvres innocents, qui vous balancerez au bout d'une corde ! Moi, je vous le dis : nous ne sommes pas prêts. Tout ça, comme d'habitude, va *virer en eau de vaisselle**…

Outré, Louis s'insurge en pointant chacun du doigt.

— Très bientôt, il faudra prendre parti. Avec nous ou contre nous.

Puis il se tourne vers le forgeron et son aide.

— Voyons, Tancrède, vous ne pensez pas ce que vous dites. Je vous connais. Vous ne me ferez pas croire que vous êtes du côté des Anglais. Je sais que, le temps venu, on pourra compter sur vous. Mais toi, Désiré, dis-moi pas que tu es de leur bord et qu'avec la bénédiction des prêtres, tu baises les pieds des *patroneux**, comme Cheval et des *mange-canayens** comme nos braves seigneurs. Tu ne me feras pas croire que tu es d'accord avec ce traître de curé Paquin[7], qui prêche partout que Dieu interdit de se révolter contre les maîtres qu'il nous a donnés, que nous devons respecter les lois et la volonté de notre évêque… Amen! Et bêlent en chœur tous les moutons!

Désiré hausse les épaules.

Son patron, par contre, ne cache pas son mécontentement. Le marteau à la main, il se poste devant le trouble-fête, qu'il domine de son impressionnante corpulence.

— Fini, les chicanes politiques pour aujourd'hui. On verra ça demain et on aura bien assez de pelleter quand il neigera. En attendant, mon Ti-Louis, sache que chez moi on ne dit pas de mal de la religion. Surtout que

---

[7] Curé de Saint-Eustache.

la nièce de M.le curé, mademoiselle Jeanne, est à côté et qu'elle pourrait t'entendre.

Décontenancé, Louis bafouille quelques excuses.

— Oui, poursuit Tancrède, beau brin de femme en plus. Elle vient d'arriver de Montréal, parce que c'est plus tranquille dans notre *bout*... Le cocher qui la conduisait s'est perdu en route. Il l'a débarquée devant chez nous, et je l'ai invitée à entrer pour se réchauffer.

Le forgeron achève d'enfoncer les derniers clous dans le sabot du cheval.

— Tiens, mon Hippolyte, ton cheval est prêt. Chaussé de neuf. Bon, assez *jaspiné** tout le monde. La politique, ça vaut pas une chicane. Tiens, Désiré, sers-nous un petit verre. Oui, la cruche, là-haut sur l'étagère. Après tu iras reconduire la demoiselle au presbytère. Allez, santé !

— Santé, répondent les trois habitués de la forge, après avoir avalé au goulot du cruchon de grès une bonne rasade du liquide réconciliateur qui leur enflamme la gorge.

— Ah, *torvisse* ! Ça fait du bien par où ça passe !

— Vous n'avez pas trop froid, mademoiselle? J'ai juste une *peau de carriole**...

Depuis qu'il a rattelé, un peu contre son gré, ce sont les premiers mots que Désiré adresse à cette jeune dame de la ville. Sa mauvaise humeur s'est apaisée. Princesse n'a pas l'air trop épuisée, et puis conduire au village une aussi belle femme n'est pas une corvée si désagréable.

Les mains dans son manchon, la nièce du curé sourit.

— Non, non, je vous remercie...

Mais ses joues, déjà rosies par le vent, rougissent un peu plus.

Désiré s'efforce de garder les yeux rivés sur le chemin. De temps en temps, il encourage Princesse d'un claquement de langue ou d'un cri bref. Sans savoir pourquoi, il se sent troublé. Ridicule. Il voudrait trouver un compliment bien tourné qui puisse flatter sa séduisante passagère. Sa tête est vide. Vide comme les champs enneigés qui s'étendent alentour à perte de vue. Alors, fâché contre lui-même, il s'enferme dans un silence renfrogné qui, pendant de longues minutes, empêche toute conversation.

Jeanne, de son côté, dès qu'elle en a l'occasion, jette des coups d'œil discrets sur cet étrange jeune homme, qui semble à la fois si taciturne et si gêné. *Un rustre sans doute, comme tous les gars de la campagne,* pense-t-elle. *Mais un joli garçon, tout de même. Costaud, de larges mains calleuses. Des yeux noirs. Des cheveux bouclés. Une tête de poète sur un corps de paysan…*

Et elle sourit à nouveau.

— Vous, c'est comment déjà mademoiselle ? demande soudain Désiré avec une brusquerie comique qui, au lieu d'offenser la jeune fille, éveille chez elle une bonne humeur contagieuse.

— Jeanne. Jeanne Paquin. Je viens aider mon oncle. Son *engagère** est morte. Comme il ne voulait pas que je reste en ville, à cause des troubles, il a fait appel à moi pour tenir sa maison… Et vous ?

— Moi, je m'appelle Désiré Bourbonnais. Je travaille à la forge en attendant…

— En attendant quoi ?

Mis en confiance, le jeune homme relâche les guides et se tourne vers Jeanne.

— Je voudrais devenir médecin pour les chevaux.

— Vous voulez dire «vétérinaire».

— Oui, c'est ça. Aimez-vous les chevaux, mademoiselle Jeanne ?

— Je les adore. Mon père avait un canadien comme le vôtre. Il me laissait conduire quand j'étais petite…

23

Conquis, Désiré lui tend les rênes.

— Ça vous tente?

Jeanne hésite. Elle se mord les lèvres, puis s'écrie en éclatant de rire:

— Pourquoi pas?

Et sans plus se faire prier, la voilà qui ôte son manchon, saisit la lanière de cuir et la secoue d'une main experte.

— Hue! Allez, ma belle!

Obéissante, Princesse réagit aussitôt en allongeant le pas pour se mettre à trotter.

Désiré esquisse un sourire satisfait. *Décidément, voilà une* créature* *pas comme les autres. Elle n'a pas menti. Elle sait mener une bête. Elle sent l'animal et n'a pas peur. En plein le genre de compagne que j'haïrais pas,* pense le rouquin. *Mais avec une fille de la ville, je n'ai pas grand-chance…*

La nièce du curé, pour sa part, se sent tout simplement heureuse d'être loin du couvent. Loin de cette odieuse maison où on l'avait placée, suite de la mort de ses parents. Loin de son ancien patron, cet homme qui fouettait ses enfants à coups de ceinture à la moindre incartade et profitait de chaque occasion pour se frotter contre elle quand elle faisait les lits ou servait la soupe. Non, jamais elle ne s'est sentie si bien qu'en cet instant. Libre comme le vent.

24

— Allez! Allez plus vite! Ah, si les religieuses me voyaient, elles diraient que je suis folle!

Au loin, on aperçoit les deux clochetons des tours jumelles de l'église de Saint-Eustache, la façade du couvent, les toits du manoir Dumont et de la maison Chénier. Le traîneau file toujours au milieu d'un tourbillon de neige, éveillant au passage la curiosité des ouvriers du moulin à scie, qui soulèvent la *palette** de leurs casques à poil.

Désiré touche délicatement la main de Jeanne.

— Mademoiselle! Mademoiselle! Il vaudrait mieux que vous me laissiez conduire de nouveau. Sinon, ça pourrait jaser.

Un peu à regret, Jeanne lui redonne les guides et se cale au fond du traîneau en remontant sur elle, jusqu'au menton, la couverture de fourrure.

Désiré s'enfonce encore une fois dans un silence embarrassé. Fatiguée, Princesse souffle des naseaux et, le dos courbé, entame à pas lents la dernière côte à l'entrée du village.

— Nous arrivons, mademoiselle, voilà le presbytère. Votre oncle est sur la galerie. Il vous attend.

Jeanne se lève et, en descendant du *sleigh*, prend la main de Désiré pour ne pas perdre

25

l'équilibre. Il la retient. Elle se dégage en souriant.

— Merci beaucoup !

Le curé Paquin s'avance pour embrasser sa nièce. Il salue Désiré, qui ôte son casque.

— Bonjour, monsieur le curé !

Joseph Paquin, responsable de la paroisse depuis plus de quinze ans, est un homme sévère aux longs favoris et au léger embonpoint qui assume sa charge avec un rigorisme sans faille, promettant les flammes de l'enfer à quiconque défie l'Église à travers sa propre personne. Désiré, qui a déjà été enfant de chœur, ne se sent jamais à l'aise en sa présence. Il a toujours l'impression désagréable de se retrouver devant lui au temps où il se faisait pincer l'oreille pour avoir sonné la clochette en retard. Il reste donc là, triturant son bonnet de fourrure entre ses doigts. Le prêtre lui fait signe.

— Voyons, Désiré, ne reste pas planté là. Entre un moment pendant que ton cheval souffle un peu. Tu prendras bien un peu de vin de rhubarbe. Justement, j'ai un invité…

Désiré entre à la suite de Jeanne et du curé. La demeure sent l'encaustique et les fleurs fanées. Le jeune apprenti n'ose pas trop pénétrer dans le salon et reste sur la catalogne* de l'entrée, craignant de salir le plancher reluisant… Les lieux n'ont pas changé depuis son enfance. Le secrétaire d'acajou, les lithographies des martyrs canadiens[8] accrochées au mur entre le portrait du pape Grégoire XVI et le grand crucifix de plâtre aux plaies rouge sang, qui lui faisait si peur autrefois. Dans la cheminée crépite un bon feu. Quelqu'un est effectivement assis dans une des bergères, un verre à la main. Il a le dos tourné, mais Désiré a aussitôt un mouvement de recul. *Est-ce possible que ce soit lui ? Bon Dieu, que fait-il ici ?*

Jeanne s'est débarrassée de son manteau de *loutre de laine** et ne sait également quelle contenance adopter. D'une voix autoritaire, son oncle vient sans le savoir à son secours en l'envoyant à la cuisine.

— Ma fille, apporte un verre pour notre hôte et va nous chercher le plat de biscuits sur la table. Ramène aussi le pot à tabac. Sur la tablette du haut, dans le buffet.

Le curé invite Désiré à s'asseoir.

— Allons, *dégraye**-toi. Entre. Tu connais Narcisse, n'est-ce pas ? Je vois que tu as fait connaissance avec ma nièce. Elle va rester ici tout l'hiver. J'avais juré à son père de lui trouver un bon parti. Je l'ai donc promise à

---

8   Missionnaires de la Huronie vers 1640, Jean de Brébeuf, Gabriel Lalemant, Charles Garnier, Antoine Daniel, Noël Chabanel, Isaac Jogues, René Goupil, Jean de La Lande, furent canonisés en 1930.

ce monsieur, et la noce est prévue pour le printemps prochain.

— Mes félicitations, bafouille l'apprenti forgeron en tendant la main à son vieux rival.

Narcisse esquisse une grimace narquoise et, sans même se lever, répond par un bref salut.

Au même instant, un fracas de vaisselle brisée fait sursauter les trois hommes. Interdite, Jeanne se tient dans l'embrasure de la porte de la cuisine. Elle vient d'échapper l'assiette chargée de gâteaux secs qu'elle apportait.

Le curé Paquin fronce les sourcils puis, se radoucissant, s'esclaffe :

— Eh bien ! ma fille, avec de pareilles *mains de beurre**, encore heureux que ton futur époux ait du bien !

II

Saint-Eustache,
le 8 décembre 1837

Depuis quatre jours, colportées par des cavaliers passant au galop, courent les plus folles rumeurs. Aux dernières nouvelles, l'insurrection a éclaté! Les patriotes retranchés à Saint-Denis ont remporté une grande victoire, et déjà une armée de rebelles s'apprête à prendre Montréal. Mais maintenant, rien n'est moins sûr. Il paraît qu'à Saint-Charles les choses ont mal tourné. Il y a eu beaucoup de morts et de nombreuses arrestations. La loi martiale a été décrétée. Une colonne d'*habits rouges* de plusieurs milliers d'hommes, renforcée par des volontaires, se rassemblerait pour écraser les derniers foyers de rébellion. Elle devrait être là dans moins d'une semaine.

Régulièrement l'alarme est donnée, et le tocsin sonne à toute volée. L'arrivée de chaque messager remplit de curieux la rue principale de Rivière-du-Chêne[9], et chaque nouvelle glanée est grossie par le bouche à oreille, semant la terreur chez les uns, remplissant de joie les autres. Quelques habitants ont déjà abandonné leur maison et sont partis se réfugier en ville. Partout, dans les rangs, on croise des exaltés qui défilent armés de sabre ou portant deux pistolets à la ceinture. Ils frappent aux portes pour recruter du monde. «Vaincre ou mourir!» crient ceux qui sont prêts à se battre pour l'indépendance. «À mort, les traîtres!» clament ceux qui soutiennent le gouvernement.

Désiré est bien loin de toute cette agitation. Il rêve à la belle Jeanne, qu'il a croisée une ou deux fois au magasin général. Il pense aussi à Narcisse, qu'il a vu, à plusieurs reprises, entrer au presbytère un paquet enrubanné à la main.

Aujourd'hui, dimanche, après avoir tenté en vain, durant toute la messe, d'entrevoir celle qui occupe ses pensées, Désiré fait la queue pour sortir de l'église. Dehors, sur le parvis, il y a foule. Un groupe de patriotes qui discutent ferme avec leurs sympathisants

---

[9] Autre nom du village de Saint-Eustache.

attroupés autour d'eux. Une autre troupe favorable à la même cause arrive, agitant des bannières ornées d'aigles ou d'étoiles, et des drapeaux tricolores vert, blanc, rouge aux couleurs du soulèvement. Ils scandent : « En avant! Vive Papineau! À bas Gosford! » Beaucoup ont bu. Ils soufflent dans des trompettes et battent du tambour en braillant les paroles de leur chant de guerre :

« Rien n'est si beau que son pays
Et de le chanter c'est l'usage.
Le mien je chante à mes amis
Ô Canada, mon pays, mes amours[10] ».

Louis Bourguignon est parmi eux et porte avec Augustin une colonne de la liberté, coiffée d'un bonnet phrygien[11], qu'il a l'intention de dresser sur la place, où flottent déjà d'autres banderoles sur lesquelles on peut lire des slogans incendiaires : « Mort au gouverneur persécuteur des Canadiens et voleur de la bourse publique! Moi, je préfère ma patrie! »

Mal plantée, la lourde pièce de bois décorée penche dangereusement. Louis aperçoit Désiré et l'appelle à l'aide :

---

10 Hymne composé par Georges-Étienne Cartier et adopté dès 1834 par les Patriotes.

11 S'inspirant des fêtes organisées au cours de la Révolution française de 1789, les Patriotes élevaient des colonnes de la liberté ornées de symboles et de slogans révolutionnaires.

— Viens donc nous aider ! Qu'est-ce que tu attends ?

Sans trop y penser, le jeune apprenti va leur prêter main-forte mais, lorsqu'il veut s'en aller, la foule est devenue si dense qu'il n'arrive plus à s'en dégager. Il remarque également que, dans les premiers rangs, fusent des cris hostiles. Que se passe-t-il ?

Par-dessus les têtes, il aperçoit le curé Paquin qui, accompagné de son vicaire sort de l'église. Deux officiers portant l'uniforme de la milice locale[12] les accompagnent. Ils montent dans la gloriette, qui, non loin du sanctuaire, sert habituellement à la criée des âmes[13] et à l'annonce des nouvelles paroissiales. Mains étendues, le prêtre tente de calmer la grogne. Il supplie :

— Mes amis, écoutez ! Rentrez chez vous ! On vous a menti. Monsieur Turcotte, le curé de Sainte-Rose, que j'ai reçu à souper, hier soir, me l'a confirmé. Les rebelles du Richelieu

---

[12] Depuis la Nouvelle-France, chaque village avait une milice de volontaires souvent dirigée par le seigneur local. Dans les paroisses majoritairement anglophones ou lorsque le seigneur était favorable aux Anglais, certains miliciens formèrent des troupes auxiliaires qui, au moment des troubles, se joignirent à l'armée anglaise. Ce fut le cas des Saint-Eustache Volunteers, commandés par le seigneur Maximilien Globenski.

[13] Sorte de vente aux enchères au profit des défunts dont les bénéfices servaient à payer des messes pour les âmes du purgatoire.

ont été écrasés. Vos chefs vous ont abandonnés, et les troupes anglaises sont en route. Elles viennent ici pour rétablir l'ordre et sont commandées par sir John Colborne, un officier qui a combattu Napoléon en personne. Vous n'avez aucune chance. Si vous persistez dans votre folie, vous serez massacrés, vos maisons seront incendiées, toute la paroisse sera saccagée. Pour l'amour de Dieu... Je vous en supplie...

Des huées accueillent la harangue du curé, et, lorsque le capitaine de la milice, Maximilien Globenski, veut à son tour prendre la parole, une pluie de balles de neige, de morceaux de glace et d'œufs pourris le forcent à battre pitoyablement en retraite.

À côté de Désiré, un habitant, les mains en porte-voix, hurle :

— À bas Globensky, le gros plein de whisky !

Ce jeu de mots facile provoque l'hilarité des manifestants et est repris en chœur par Louis et Augustin, lesquels se sont accrochés au fût de leur colonne pour mieux voir et résister au léger tournis causé par les nombreuses rasades de petit caribou* qu'ils ont ingurgitées.

Le curé, qui a été épargné de peu par les projectiles, essaie de parler à nouveau, quand soudain une voix puissante l'interrompt. Suivi de deux compagnons, un homme trapu aux cheveux et aux favoris rouge feu se fraie un chemin au milieu de l'assemblée déjà passablement échauffée. C'est le Dr Jean-Olivier Chénier, le plus ardent patriote de Saint-Eustache. Vêtu d'un simple *capot* d'habitant, il s'avance, l'épée à la main. La foule s'écarte devant lui. Furibond, le médecin menace le prêtre de son arme.

— Honte à vous, monsieur le curé ! Moi, je vous accuse devant Dieu d'être en grande partie la cause de nos malheurs. Pourquoi essayez-vous de nous décourager ? Parce que votre évêque mange dans la main du gouverneur ? Honte à vous ! Quelle sorte d'homme êtes-vous pour qu'à l'heure du combat vous trahissiez vos frères alors que vous devriez bénir nos armes et être à notre tête ?

Une immense ovation soulève la multitude, ponctuée de coups de mousquets tirés en l'air.

Chénier réclame le silence avant de présenter les deux jeunes gens qui l'accompagnent.

— Les De Lorimier, qui sont ici, se sont battus à Saint-Denis et à Saint-Charles. Ils peuvent témoigner qu'en dépit d'un revers passager, nous avons décimé les *habits rouges* qui se sont repliés sur Montréal. Chaque jour, des soldats anglais se rallient à nous, et le brave Nelson, qui a installé son camp à Saint-Césaire, contrôle toute la rive sud!

Nouvelles acclamations.

Le curé Paquin se tord les mains, désespéré. Il s'époumone en vain pour se faire entendre.

— Pauvres fous! Rien ne vous fera donc changer d'avis? Et vous, docteur, combien de gens vont mourir par votre faute?

Le tribun de la cause patriotique fait un pas de plus pour se poster juste en dessous de la balustrade de la gloriette. Il hésite un instant, les larmes aux yeux, puis se frappe la poitrine du poing.

— Sachez, monsieur le curé, que, contrairement à vous, j'assume devant Dieu et en toute conscience la responsabilité de mes actes et de mes paroles. Sachez, en outre, que moi-même je suis prêt à mourir le premier les armes à la main. Quant à m'arrêter, monsieur le curé, n'y comptez pas. Plutôt essayer de prendre la lune entre les dents que de chercher à ébranler ma résolution.

Comme chacun des *bonnets bleus*[14] qui l'entourent, Désiré n'a pas perdu un mot du discours et, comme les autres, emporté par un enthousiame contagieux, il applaudit à

---

[14] Surnom donné aux Patriotes.

tout rompre la sortie du Dr Chénier et siffle les piètres mises en garde du curé Paquin.

Louis lui tape dans le dos.

— Je comprends pas trop ce qu'il dit le doc, mais ce qu'il cause bien ! Pas vrai ?

Augustin, passablement éméché, rajoute à l'intention de l'apprenti forgeron :

— *Baptême,* que je suis content que tu sois des nôtres !

Désiré hausse les épaules.

Presque à chaque heure du jour, des hommes en armes arrivent au village. Combien sont-ils ? Mille ? Mille cinq cents ? Leur nombre varie sans cesse. Troupe bigarrée brandissant des fusils de chasse, des faux réemmanchées en forme de hallebardes, des bâtons ferrés, des fourches et des fléaux*. Ils attendent des ordres qui ne viennent pas, s'impatientent, réclament de meilleurs fusils et des munitions. On leur promet qu'on va en trouver. S'il le faut, on se servira du plomb des toits d'église[15] pour fondre des balles. Sans arrêt, les cloches sonnent, ajoutant à la

---

[15] Détail historique. On peut présumer que le plomb servait à souder et à isoler les plaques de fer blanc ou de cuivre recouvrant le toit des églises.

confusion. Les auberges et les buvettes* sont pleines d'ivrognes et de vagabonds venus de Saint-Benoît et de Sainte-Scholastique. Eux sont là pour faire ripaille. Ils ont entendu que l'eau-de-vie serait distribuée gratuitement, et que tous ceux qui s'enrôleraient auraient droit à une livre de bœuf par jour.

Les chefs, eux, discutent et ne s'entendent jamais. Ils sortent en courant du couvent, de chez le docteur, de chez M. Scott ou du manoir Dumont. Ils s'agitent. Ils gesticulent. Désiré et ses compagnons en connaissent quelques-uns. Ceux qu'ils n'ont jamais vus sont faciles à repérer. Ils ont beau porter de grands sabres qui s'accrochent partout, s'être laissé pousser la barbe, s'être fait couper les cheveux en rond à la Cromwell[16] ou arborer des chapeaux à la O'Connell[17], ils ont tous l'air de ce qu'ils sont : des avocats et des notaires déguisés en soldats.

Le plus exalté est un certain Girod qui s'est attribué le grade de général. Débarqué d'on ne sait où, il parle avec un drôle d'accent et jure en allemand et en espagnol. Il se

---

[16] À l'époque de Cromwell, célèbre politicien anglais (1599-1658) qui renversa Charles Ier, les soldats hostiles à la monarchie, surnommés « les têtes rondes », se coupaient les cheveux courts pour se distinguer des aristocrates fidèles au roi qui, eux, les portaient longs.

[17] Célèbre patriote irlandais (1775-1847).

vante à qui veut l'entendre qu'au premier son du canon il se sera emparé de Montréal. En attendant, il a installé ses quartiers au Plateau-des-chênes dans le somptueux manoir Globensky, abandonné par son propriétaire, qui a fui le village et est passé aux Anglais. Là, à longueur de journée, il griffonne d'une plume rageuse des billets que son aide de camp, maître Hubert, avocat, expédie aux quatre vents.

Désiré, lui, pense toujours à la belle Jeanne. Il s'inquiète pour elle. *Séquestrée avec son oncle au presbytère, elle doit être terrifiée. Et si une de ces têtes brûlées forçait sa porte!* Une fois, il a bien essayé de franchir les barrages de sentinelles postées autour de la grande bâtisse de pierre des champs. Repoussé à la pointe du fusil, il a dû renoncer. La mort dans l'âme, il vient donc de remonter dans sa carriole* et se dirige vers le chemin de la Grande-Côte, à la sortie du village, quand Louis Bourguignon et Augustin Labelle l'arrêtent, pointant sur lui de vieilles pétoires du siècle dernier.

— Halte! Personne ne sort plus du village sans passe* signée.

Incrédule, Désiré commence par leur dire en riant :

— Voyons les amis, vous savez qui je suis. Je retourne simplement à la forge. Mon

38

patron m'attend et il doit *être en beau joual vert**. Allons, tassez-vous! Allez, marche Princesse!

Le cheval avance, mais, aussitôt, Louis le saisit par la bride.

— On te l'a dit, on ne va pas plus loin! Ordre de monsieur Girod.

Sur ces mots, le «général» arrive, escorté de tout un état-major de paysans armés qui jouent aux officiers, montés sur leurs robustes chevaux de labour.

— Que se passe-t-il ici?

— Ce citoyen veut rentrer chez lui, votre seigneurie!

— Qui est-ce?

— Désiré Bourbonnais, l'apprenti forgeron.

— Ce coquin a une voiture. Réquisitionnez-la et faites avec lui les fermes du Petit-Brûlé. Ramenez toutes les armes que vous trouverez, la poudre, les sacs de grain, les pièces de lard.

Désiré proteste.

— Mais monsieur, j'ai mon travail, moi…

Le général, qui fait caracoler sa monture sur place, ne lui laisse pas terminer sa phrase.

— Tu obéis ou je te fais coller contre un mur et cribler de plomb.

Puis il s'adresse à Louis.

— Toi, le grand, tu m'as l'air le moins empoté des trois. Je te nomme caporal. Tu m'as à l'œil cette graine de déserteur. Tu as compris ? Tu m'en répondras sur ta propre tête.

— Oui, Votre Éminence.

— On dit : « oui, mon général », espèce d'imbécile ! fulmine Girod en éperonnant son étalon. Non mais quelle bande de culs-terreux indécrottables !

Désiré se sent un peu dépassé par les événements. Tout le monde a-t-il perdu la boule ? Certes, il n'a jamais aimé les Anglais ni les Loyalistes[18]. Des arrogants et des *pisse-vinaigre**. Quant à vouloir faire la révolution, son gros bon sens lui dit que cette affaire risque de mener nulle part. *C'est comme aux élections*, pense-t-il, *les bourgeois se chamaillent, et le petit monde ramasse les coups.*

---

[18] Fidèles au gouvernement. Le terme désigne aussi les colons et émigrants anglophones, souvent d'origine américaine, ayant émigré au Canada après la guerre d'Indépendance des États-Unis. Ils étaient réputés très francophobes et farouchement attachés à la Couronne britannique.

En attendant, quel parti adopter ? Désiré se souvient qu'en pareille situation son bonhomme de père disait souvent que : « Quand les loups hurlent, il vaut mieux hurler avec eux ! »

Calmement, il invite donc Louis et Augustin à monter dans sa voiture et leur demande :

— Bon, alors, on va où ?

Louis se gratte la tête.

— Je ne sais pas. Tu connais mieux les rangs que nous. On fait comme le général a dit. Du bord du Petit-Brûlé. Il y a de grosses fermes dans ce rang-là.

Désiré acquiesce d'un hochement de tête.

— Bien, mon caporal. Seulement, je passe d'abord par la forge prévenir mon *boss*.

La carriole tirée par Princesse file bon train. Tout le long du chemin, le trio rencontre de nombreux maraudeurs. Coiffés de tuques bleues dont la pointe leur retombe jusqu'au milieu du dos, ils vont par escouades de cinq ou six, pipe au bec et leur vieux fusil sur l'épaule. Ils visitent étables et bergeries, et en sortent des troupeaux de vaches et de moutons affolés qu'ils poussent devant eux. Ils forcent les portes des maisons abandonnées et s'emparent de tout ce qui peut être utile à leur armée.

41

Tout à coup surgit un parti* de cavaliers qui passent au galop, sabre au clair ou tirant des coups de pistolet. Des seigneurs loyalistes qui fuient en direction de Montréal. Les insurgés se jettent dans les fossés pour les éviter puis, le danger passé, ils reprennent possession de la route, qui est encombrée de toutes sortes d'objets abandonnés par d'autres pillards qui, au nom de la grande cause nationale, sont déjà passés par là : coffres vides, meubles défoncés, linge déchiré.

Plusieurs fois Désiré doit s'arrêter à cause des attroupements qui se sont formés.

Ici, deux patriotes discutent ferme avec un habitant qui les tient en joue avec son arme.

— Voyons, père Antoine, soyez raisonnable, la patrie a besoin de vos deux chevaux. Tenez, on a des bons signés de la main de notre général et payables sur le trésor de la future république. Regardez, c'est écrit : « Reçu au nom du gouvernement provisoire… »

Là, un autre rebelle essaie de convaincre deux adolescents de se joindre à eux malgré les supplications de leur mère en larmes.

— Pensez-y, après la victoire, tous les biens de ceux qui ont rejoint Globensky et ses volontaires seront confisqués et vous seront distribués. À vous les bonnes terres et les places en vue ! Jamais plus de dîme à payer ou de rentes seigneuriales[19] à acquitter !

Régulièrement, Louis ordonne à Désiré d'immobiliser l'attelage. Une fois, pour parler avec une équipe qui abat des arbres et creuse des tranchées censées retarder l'ennemi. Une autre fois pour engueuler deux types en train de scier, sans autorisation, les poutres d'un pont. Ce coup-ci, c'est pour arracher des affiches mettant à prix les têtes des meneurs de l'insurrection.

— Mille livres pour celle de Papineau... Cinq cents pour celle de Girouard, de Scott, de Girod et de Chénier, vous vous rendez compte !

— Ça, c'est des *bidous**! s'exclame Augustin.

Désiré approuve et ne peut s'empêcher de sourire en se disant à lui-même : *Sacré Louis, sacré Augustin, pas sûr que pour une telle fortune, s'ils le pouvaient, ils ne livreraient pas tout ce beau monde pieds et poings liés aux habits rouges.*

La neige a commencé à tomber à gros flocons, et le temps s'est refroidi. Augustin se plaint continuellement.

---

19 Impôts dus au seigneur par ses censitaires ou fermiers. Il s'agissait d'une somme d'argent relativement modeste, à laquelle s'ajoutait un versement en nature équivalent à $1/14^e$ de la récolte. La dîme, elle, était un autre impôt dû à l'Église.

— *Bonyenne!* que j'ai froid aux pieds. Mes bottes sont toutes mouillées…

De nouveau, Louis fait arrêter la carriole devant une ferme à l'huis défoncé.

Cinq minutes plus tard, il en ressort avec une vieille paire de souliers à la main.

— Tiens, je t'ai juste trouvé des *souliers de beu**, ronchonne-t-il. Une bande de maudits Irlandais est passée avant nous. Ils ont tout vidé. Il n'y a même plus un copeau de cèdre pour s'*allumer**. En dedans il reste juste un vieux dans sa *berçante**. Je lui ai demandé où était sa famille. Ils se sont cachés dans les bois. Ils sont malades! Avec ce froid, cette nuit, ils vont geler raide…

Au bout d'une demi-heure, la voiture arrive enfin à la forge, devant laquelle se tient un grand rassemblement. Tancrède Chauvin sort, torse nu sous son tablier de cuir, et brandit au bout de sa pince une pièce de métal encore rouge.

— Ah! te voilà, toi! Décidément, tu n'es jamais là quand on a besoin de toi.

— Ce n'est pas ma faute, s'excuse Désiré. Je suis prisonnier de ces deux-là.

Tancrède s'éponge le front du revers de la main.

— Tu comptes revenir quand?

— Je l'ignore, patron. Demandez-leur…

44

— Ils sont vraiment tous devenus fous. Ils m'apportent leurs lames de faux pour que je les leur redresse. Ils veulent que je leur fasse des couteaux et des épées avec les lisses* de leurs *sleighs*. Il y en a même un qui m'a demandé si je pouvais lui fondre son soc de charrue pour en faire un canon ! En tout cas, un conseil, *ti-gars* : t'embarque pas avec eux. Cherche pas à devenir un héros comme ces deux *tarlas*. Crois-moi, il vaut mieux être un chien vivant qu'un lion mort !

Outré par les propos du maître forgeron, Louis Bourguignon se dresse comme un coq, prêt à se lancer dans un grand discours justificatif. Il n'en a pas le loisir. En effet, Désiré, peu soucieux de l'entendre, a donné le signal du départ à Princesse, d'une légère secousse des guides ; si bien que l'orateur improvisé perd à moitié l'équilibre et n'a d'autre choix que de se rasseoir.

La nuit commence à tomber sans que les *coureurs de nuit** interrompent leur chapardage. Bon nombre ont allumé maintenant des fanaux qui se balancent au sommet de bâtons et font comme une longue chaîne de feu serpentant dans la nuit. Au loin, on entend parfois claquer quelques coups de feu. Ce sont les veilleurs postés au bord de la rivière Jésus qui prennent pour cible ceux qui, faute de pouvoir franchir les barrages à la tête des

45

ponts, tentent de quitter le village en s'aventurant sur la glace encore fragile.

La journée a été longue. Augustin dort au fond du traîneau. Louis a pris une mine renfrognée. Toutes les maisons des *chouayens* qu'ils ont perquisitionnées ont été vidées avant leur visite. Leur récolte est bien maigre : un goret estropié, un sac de patates, quelques minots de blé, des faucilles, une vieille canardière*, une corne à poudre, un sac de balles, une courtepointe, dans laquelle Augustin s'est emmitouflé, et un cruchon d'eau-de-vie, que Louis a déjà passablement entamé.

Il reste une dernière chance pour ramasser un butin qui vaille la peine. La ferme des Cheval. En retrait du chemin, elle a pu échapper au saccage. Les bâtiments cachés derrière un rideau de pins centenaires semblent effectivement avoir été épargnés. Ni lumière ni volutes de fumée. Les propriétaires semblent avoir déserté les lieux.

Quelque peu ivre, Louis se campe au milieu de la cour.

— Montre-toi, espèce de *licheur* de bottes anglaises ! Tu es là ? hurle-t-il, assuré que personne ne lui répondra.

À ce moment, Augustin, qui était en train d'inspecter les écuries, surgit en tenant un étalon noir par la bride.

46

— Ils ont tout emporté ici aussi. Il y a juste le cheval de Narcisse!

Dépité, Louis ramasse une pierre et la lance dans une des fenêtres du corps de logis qui vole en éclats.

— Tu vas voir ce qu'on va lui faire à ta *picouille**!

Louis sort alors son couteau et commence à couper la magnifique queue de la bête pendant qu'Augustin s'applique à lui tresser la crinière[20].

Désiré désapprouve.

— Vous ne devriez pas faire ça, les gars. Cette pauvre bête n'a rien fait. Regardez, elle prend panique.

Les yeux exorbités, l'étalon tire en effet sur son licou. Il se cabre si violemment qu'Augustin le lâche et le laisse partir à la fine épouvante. Louis a tout juste le temps de s'écarter pour éviter d'être piétiné. Mais il n'est pas au bout de ses surprises, car, à cet instant même, une des lucarnes de la maison

---

[20] De tels incidents se produisirent réellement. Robert Hall, de Sainte-Scholastique, et Eustache Cheval en furent les victimes (le 28 juin 1837). Ces gestes marquèrent les débuts des troubles dans le comté. Les quatre responsables furent poursuivis par le procureur général du Canada. On offrit cent livres pour l'arrestation des coupables, qui mobilisa en vain le grand connétable de police, son adjoint, un sergent et deux hommes de main du gouvernement.

s'illumine. Deux décharges assourdissantes. L'odeur de la poudre.

On leur tire dessus.

Augustin porte la main à son épaule et, ahuri, regarde sa paume pleine de sang.

— *Maudit*, je suis touché !

Louis, à son tour, épaule son propre fusil et vise la croisée encore enfumée par la double décharge. Le coup fait long feu.

Une voix crie de l'intérieur.

— Sales voleurs ! Je vous ferai pendre ! Et toi, Désiré, s'il est arrivé malheur à mon cheval, tu n'es pas mieux que mort !

— Narcisse, fais pas le fou ! On est ici sur les ordres de notre général ! crie Augustin.

— Général de mes fesses !

Cette fois, Désiré en a assez. *Que ces idiots se débrouillent avec cet enragé de Narcisse,* se dit-il. Après tout, il n'a rien à voir dans cette histoire.

— *Back ! Back !* Allez trotte !

Obéissante, Princesse recule puis part au trot, laissant derrière elle les deux compères stupéfaits, qui courent dans la neige en gesticulant. Désiré fouette sa brave jument, qui, peu habituée à la morsure du cuir, emporte la carriole à vive allure.

Un coup de fusil… Puis un second. Désiré sent une balle lui siffler aux oreilles. Ce sont ses anges gardiens qui cherchent à l'arrêter. Il ne s'en fait pas trop. Il est déjà allé à la chasse avec eux et sait combien ces deux-là ont toujours été de piètres tireurs.

Désiré est bientôt hors de portée. *Quelle journée*, pense-t-il. *Comment ai-je pu me mettre dans un pétrin pareil!*

Il s'est remis à neiger à gros flocons, et, à mesure que la tempête se lève, le paysage tout entier semble se fondre dans une sorte de désert blanc sans limites ni horizon où il devient presque impossible de se repérer. Désiré a pourtant fait cent fois ce trajet, même en pleine noirceur. Mais, cette nuit, c'est différent. Chaque habitation qu'il croise, au lieu de lui sembler un repère rassurant, lui apparaît comme une sombre menace aussitôt avalée par les ténèbres. Et il finit par comprendre pourquoi il ressent cette sourde angoisse qui lui étreint le cœur. Pas une lampe aux fenêtres. Pas d'odeur de cuisine. Pas un accord de violon. Il n'y a plus personne.

Il est seul.

Le vent s'est levé, et il se met à poudrer. À demi aveuglé par les cristaux de neige qui lui fouettent le visage, il croit distinguer, dans le lointain, des lueurs d'incendie. C'est le moulin à carde* de M. Dumont qui brûle comme un immense bûcher de la Saint-Jean. Cinq ou six hommes armés de brocs* assistent au spectacle et encerclent l'équipage d'un élégant *cutter**. Deux hommes en *capot de chat* et une femme. À la clarté dansante des flammes, les silhouettes prennent forme et Désiré s'approche, le cœur battant. À sa corpulence et au ton courroucé de sa voix, il n'y a pas de doute que le passager le plus grand est le curé Paquin. L'autre, avec sa figure émaciée de phtisique, n'est nul autre que le vicaire, M. Desève, et… Jeanne est avec eux. *Peut-être en danger*, pense Désiré. *Car qui sait ce que leur veulent ces incendiaires ?* Le rouquin ne se fait plus guère d'illusions. La grande cause patriotique, il le sait bien, n'attire pas que des rêveurs et des âmes généreuses. Aujourd'hui, combien de ceux qu'il a croisés étaient de vrais patriotes ? Combien n'étaient en fait que des profiteurs, des *traîne-misère**, des voleurs de poulaillers ou des habitants envieux, trop contents d'avoir l'occasion de pouvoir impunément dépouiller leurs voisins ?

Par précaution, Désiré saisit la canardière déposée en arrière de la carriole. Sa platine est brisée, et, de toute façon, elle n'est pas chargée, mais son canon démesurément long a de quoi impressionner.

Avec une lenteur calculée, son arme tenue bien en évidence à bout de bras, il marche droit sur le meneur du groupe, un colosse qui, mailloche* à la main, se plante devant lui. Désiré, sans laisser paraître la moindre émotion, passe à côté du géant et se dirige vers le prêtre et sa nièce.

— Bonsoir, monsieur le curé. Bonsoir, mademoiselle Jeanne. Êtes-vous mal pris? Avez-vous besoin d'aide? leur demande-t-il sur le ton anodin de celui qui n'a d'autre intention que de rendre service.

Le curé Paquin, avec un léger tremblement dans la voix trahissant son inquiétude, répond:

— Non, non, mon brave Désiré. Ces jeunes gens ne sont pas d'ici. Ils pensent que nous cherchons à nous enfuir. Je leur ai pourtant montré notre sauf-conduit. C'est M. Chénier qui nous a intimé l'ordre de quitter le village et de nous installer à la ferme du Domaine, chez M. Dumont.

Désiré abaisse légèrement son fusil tout en s'arrangeant pour garder dans sa ligne de mire le type au maillet. Les *rôdeurs de côte**, eux aussi, ne le quittent pas des yeux. L'apprenti forgeron sent qu'au premier signe d'hésitation, à la première marque de faiblesse, ils vont fondre sur lui et le rouer de coups. Le tuer, peut-être.

Il propose, avec une assurance feinte:

51

— Je peux raccompagner mademoiselle Jeanne, monsieur le curé. Vous la rejoindrez à la ferme quand vous aurez réglé votre affaire.

Visiblement soulagé, Jacques Paquin approuve la proposition.

— C'est une excellente idée, mon garçon ! N'est-ce pas messieurs ?

En silence, les bandits se consultent du regard. Leur chef hoche imperceptiblement la tête.

Désiré en profite et, sans attendre la réaction des autres, il tend la main à Jeanne.

— Venez, mademoiselle.

Après un bref instant d'hésitation, la jeune fille descend de la voiture de son oncle et court s'installer dans la carriole de Désiré pendant que celui-ci la rejoint à reculons, son fusil toujours pointé sur l'homme à la mailloche. Il s'installe sur la banquette, se débarrasse de son arme et saisit les guides.

— Marche ! Marche !

La carriole démarre en trombe.

À quelques arpents de là, Jeanne tourne son beau visage vers Désiré.

— Que vont-ils faire à mon oncle ?

— Rien. Ils n'oseraient pas s'attaquer à un prêtre portant la soutane. Et puis, monsieur Paquin n'est pas homme à avoir peur de quelques vauriens. Je ne serais pas étonné qu'ils les traînent à confesse par les oreilles et leur flanque six douzaines d'*Ave Maria* et de *Notre Père* en guise de pénitence.

Jeanne éclate d'un rire un peu forcé.

— Vous avez raison !

Et elle se pelotonne sur son siège en remontant le col de son manteau.

Située à une quarantaine d'arpents du village, la ferme des Dumont n'est pas très loin. Désiré, pour aller plus vite, pique à travers champs. Il aimerait trouver les mots pour rassurer la jeune fille. Mais, encore une fois, la gêne le paralyse. Il sent la pression chaude du corps de Jeanne, et cette sensation éveille en lui un trouble inconnu.

Bercée par le léger tangage du traîneau, Jeanne a cessé de trembler. Fatiguée et assommée par le froid vif, elle s'est laissée gagner peu à peu par le sommeil et, sans même s'en apercevoir, elle a posé sa tête sur l'épaule de Désiré.

La ferme est juste en haut de la côte. Désiré murmure à l'oreille de la jeune femme :

— Nous sommes arrivés, mademoiselle.

Elle soupire :

— Déjà…

Désiré arrête la voiture. La neige a cessé.

Jeanne s'est remise à grelotter. Elle éclate en sanglots.

Désiré, qui a ôté ses mitaines, la serre dans ses bras.

— Vous n'avez plus rien à craindre, mademoiselle. Vous êtes en sécurité ici. Je vais rester un moment. À cette heure, personne ne viendra vous importuner. Vous feriez mieux de rentrer avant d'attraper la mort…

Jeanne lui sourit en lui touchant la main.

— Merci.

— De rien, mademoiselle Jeanne…

Cette nuit-là, couché sur la paillasse bourrée de crin qui lui sert de lit dans le grenier de la forge, Désiré n'arrive pas à s'endormir. Toutes sortes d'images et de pensées roulent dans sa tête. Le village en armes. Les pillages. Son affrontement avec Narcisse. Sa désertion. La rencontre avec le curé et Jeanne.

À bout de forces, il s'endort enfin pour se réveiller en sursaut quelques heures plus tard. Persuadé d'avoir entendu du bruit, il allume un fanal et descend inspecter la boutique. Il s'est alarmé pour rien. Son patron ronfle, et, dans l'écurie, il entend Princesse renâcler et donner du sabot contre les planches de sa stalle.

Il remonte se coucher et finit par s'assoupir, hanté par une sourde angoisse.

54

À l'aube, en descendant l'escalier de meunier, il constate que ses craintes nocturnes n'étaient pas justifiées. Tout a l'air normal. Tancrède est déjà à l'ouvrage, activant le soufflet et faisant tinter son enclume sous les coups de marteau. Hippolyte, qui est là également, le salue de sa pipe de plâtre.

— Comme ça, toi aussi, tu as décidé de ne pas t'embarquer dans ces *folleries*. Tout ça va mal se terminer. Moi, je vous le dis. En plus, on ne reçoit plus la gazette et on ne sait même plus rien…

Désiré se peigne les cheveux du bout des doigts et remonte une de ses bretelles en gagnant l'écurie.

Il pousse le battant de la porte et s'immobilise sur le seuil, pétrifié.

Princesse a disparu. Ainsi que la carriole et les harnais. Volés !

Il retourne à la forge en courant.

— On m'a pris ma Princesse !

Le forgeron, sans cesser de marteler, lui répond :

— T'es pas le seul. Ils ont pris tous les chevaux qui restaient dans le rang.

— Oui, poursuit Hippolyte, je reviens du village, j'en ai vu plusieurs parqués dans un enclos. Par contre, les hommes envoyés par

Girod n'ont pas ramassé beaucoup d'armes à feu. Une centaine, peut-être... Ils espéraient que les *Sauvages** de la mission d'Oka leur en fourniraient mais les Indiens, eux autres, ils n'ont rien voulu savoir[21]. C'est pas comme les vivres. Je vous dis qu'ils en ont pour passer tout l'hiver. La place de l'église est encombrée de quartiers de bœufs en train de cuire, et, dans les tavernes, il y a du monde qui boit pas mal fort. J'aime pas beaucoup ça. Je vois pas comment on va arrêter les *habits rouges*... Moi, je repasse à l'étude prendre mes papiers et... je file !

Désiré n'écoute pas. Il s'adresse à Tancrède.

— Patron, avez-vous encore votre fusil ?

Le forgeron interrompt son travail, le marteau levé.

— Qu'est-ce que tu manigances, mon garçon ? Fais pas le fou !

— Je vais au village récupérer mon cheval. Me prêtez-vous votre fusil, oui ou non ?

Le forgeron opine du bonnet, découragé.

---

[21] À cette occasion, les magasins de la Compagnie de la Baie d'Hudson furent pillés, mais l'expédition ne rapporta que huit fusils, un baril et demi de poudre, une caisse de balles et un petit canon de cuivre de deux pieds, qui ne servit jamais.

— Je ne peux pas t'attacher à la patte du poêle. Il est dans le fenil*, au fond, caché sous l'foin…

— Merci, patron! Je serai de retour avant midi. C'est promis!

III

Saint-Eustache,
le jeudi 14 décembre 1837

En ce matin glacial de décembre où le thermomètre est tombé à −14 °C, l'activité frénétique qui agite Saint-Eustache ressemble à celle d'un nid de guêpes dans lequel on vient de donner un coup de pied.

Transformées en forteresses, les maisons situées autour de l'église ont été percées de meurtrières. Les rues grouillent d'hommes en armes, mais ces cohortes indisciplinées ne semblent obéir à personne. Sans plan de bataille, elles s'agitent, suivent un moment les ordres qu'elles reçoivent, puis se dispersent quand elles ne vont pas tout simplement grossir le flot des fuyards et des déserteurs, qui peu à peu a réduit l'armée rebelle à quelques centaines de combattants[22].

Désiré vient juste d'atteindre l'avant-poste établi à l'entrée du village. Celui-ci est tenu par un vieillard.

— Où vas-tu? lui demande le vieux patriote sans même se lever de la galerie où il se berce, son fusil entre les genoux.

— Je vais récupérer mon cheval!

— Tu ferais mieux de ne pas rester dans le coin. À moins que tu ne veuilles faire le coup de feu avec nous parce que, fie-toi à moi, la danse va débuter ça sera pas long… À ce qu'il paraît, les *habits rouges* ont traversé la rivière sur la glace à quatre milles d'ici. Même que leurs canons et leurs chevaux ont failli caler parce que la glace était trop mince…

— Moi, je veux juste reprendre ce qu'on m'a volé.

— Je t'aurai prévenu, mon gars, c'est à tes risques. D'autant plus que, crois-moi, crois-moi pas: ton cheval, il y a peu de chance qu'on te le rende. Je te gage qu'en ce moment un de nos gradés est monté dessus et je ne

---

[22] Les Patriotes de Saint-Eustache, au nombre de 250, affrontèrent 1 300 soldats et volontaires, commandés par sir John Colborne, officier aguerri ayant combattu en Égypte et en Espagne avant de participer à la bataille de Waterloo.

serais pas étonné qu'il galope avec en direction des États[23].

— Ça se peut bien, mais j'vais m'essayer quand même.

— Alors, bonne chance et que le bon Dieu veille sur toi !

En fait, Désiré ne tarde pas à découvrir que les avertissements du vieil habitant sont plus que fondés. À peine a-t-il descendu le chemin de la Grande-Côte qu'il doit précipitamment se jeter à l'abri d'un muret.

Des coups de fusil crépitent, et une balle vient s'écraser sur la pierre à quelques pouces de son visage. Sur la surface gelée de la rivière, en arrière de l'église, environ cent cinquante patriotes se sont élancés avec, à leur tête, le Dr Chénier arborant, nouée à la taille, une magnifique ceinture fléchée perlée à l'indienne.

Désiré ne voit pas immédiatement contre qui est dirigée cette attaque. Il distingue, sur l'autre rive, un détachement d'environ quatre-vingts soldats[24]. Des volontaires à la solde des Anglais, dans leurs flamboyants uniformes vert et rouge chamarrés d'or. Des dragons, carabiniers ou fusiliers royaux, comme ils

---

23 Les États-Unis, où beaucoup de chefs patriotes trouvèrent refuge.

24 Il s'agit des quatre-vingts volontaires de Globensky venus de Saint-Martin par un chemin plus court et constituant l'avant-garde de l'armée anglaise.

aiment se faire appeler. Les deux troupes ennemies courent l'une vers l'autre au pas de charge en poussant de grands cris. Mais ces hommes ne sont pas de vrais militaires, et leur fougue, autant que leur maladresse, a quelque chose de presque ridicule. Plusieurs, dès qu'ils ont fait quelques enjambées sur la glace, glissent et tombent sur le derrière. D'autres perdent leurs armes.

Ils ne sont plus qu'à cent pas, et, parmi les patriotes, il y a quelques bons tireurs. Eux ne gaspillent pas la poudre. Ils s'arrêtent, mettent le genou à terre, épaulent calmement, tirent le chien* de leur fusil en arrière, et, chaque fois qu'ils pressent la détente, un homme d'en face s'effondre, fauché en pleine course. Une dizaine de corps jonchent déjà la glace, qui se rougit de sang. Au milieu de la rivière Jésus, brandissant son épée, le Dr Chénier a presque rejoint les premiers volontaires, qui reculent en tiraillant un peu au hasard. Des cris de victoire retentissent.

Mais, tout à coup, éclate un bruit de tonnerre suivi d'un sifflement aigu. Une pluie de mitraille tirée par un canon s'abat au milieu des rangs patriotes y ouvrant une large brèche rouge.

Désiré, instinctivement, s'est recroquevillé en se protégeant des deux mains. Quand il relève la tête, le spectacle qui s'offre à lui le fige d'horreur. L'un des *bonnets bleus* a eu le bras arraché. Un autre, horriblement blessé, retient ses entrailles tandis que ses compagnons, plus avancés, hurlent en sentant la croûte de glace fissurée céder sous leurs pieds.

Désiré se retourne et cherche des yeux d'où provient le tir. À sa grande stupéfaction, il découvre que le chemin de la Grande-Côte, qu'il vient à peine de quitter, grouille d'*habits rouges* et de matériel militaire : plus de deux mille fantassins, au moins cent cavaliers et huit pièces d'artillerie dont l'une est déjà en batterie. Une véritable armée, qui s'étire sur près de deux milles avec des dizaines de traîneaux[25] lourdement chargés et des voitures peintes en rouge. Sans doute pour ramener les blessés et les morts.

Au milieu des glaces de la rivière, les hommes de Chénier ont eux aussi vu le danger. Pris entre deux feux, ils n'ont d'autre choix que de se replier et de gagner au plus vite la terre ferme avant que l'ennemi ne leur coupe la retraite. Le docteur agite son épée et crie des ordres. Désiré comprend alors qu'il est, lui aussi, pris au piège. S'il regagne le chemin, les Anglais lui mettront la main au collet ou le tireront comme un lapin. Il ne lui

---

25 Sans compter les volontaires et les curieux, l'armée anglaise comptait 2 000 réguliers, 120 cavaliers et un train de 70 traîneaux transportant vivres et munitions.

reste plus qu'à fuir comme les autres par la rivière, jusqu'à l'église, qui se dresse tel grand vaisseau de pierre sur la rive.

Désiré se lève et, d'un bond, se laisse glisser sur la pente abrupte qui mène au bord de l'eau. Il enfonce jusqu'à mi-cuisse dans la neige et progresse difficilement avant d'atteindre la glace vive, sur laquelle il se met à courir. Devant lui, un patriote ensanglanté marche en titubant. Il lui saisit le bras et le soutient de l'épaule pour l'aider. Ce blessé, qui a reçu un éclat dans la gorge, n'est nul autre que Louis Bourguignon. Le malheureux essaie de parler, mais il ne sort de sa bouche que des flots de sang. Désiré l'encourage.

— T'en fais pas, mon Louis. Je suis là. Tu vas t'en tirer…

L'église n'est plus qu'à quelques pas. Les cloches sonnent sans arrêt, emplissant l'air de leur appel désespéré.

Dans le village, c'est la panique. Au premier coup de canon, courant dans les rues, la moitié des rebelles a déjà déguerpi. Embarquées dans des traîneaux attelés à la hâte, des femmes pleurent, leurs enfants dans les bras. La nouvelle court que les *habits rouges*

se sont emparés du pont menant à Grand-Brûlé[26], qu'on a vu pas moins de sept canons en position sur la terre de Félix Paquin, à peine à dix arpents du village. Les Anglais sont partout. Ils sont sur le plateau de la Grande-Côte, qui domine le village. Ils ont barré la route du Domaine. On a même aperçu des volontaires dans les îles, à l'embouchure de la rivière du Chêne[27].

Fébrile, le général Girod répète à qui veut l'entendre :

— Nous sommes encerclés ! Nous avons besoin de renforts. Il faut avertir nos gens de Saint-Benoît et des autres paroisses !

Un homme, vêtu comme un habitant monté à cheval, se présente et prétend vouloir parlementer. C'est un colonel anglais déguisé, qui est vite démasqué.

— Abattez-le ! hurle le général.

Deux coups de fusil. Trop tard. L'espion a tourné bride et disparu au grand galop.

Fatigué, Désiré dépose son fardeau humain dans la neige. Louis ne bouge plus. Il le secoue. Le corps couvert de givre ne réagit plus. Désiré appelle à l'aide. Le Dr Chénier se penche sur le blessé. Il lui serre le cou entre le pouce et l'index.

---

[26] Ancien nom de Saint-Benoît.

[27] Rivière à l'embouchure de laquelle s'élève le village de Saint-Eustache, qui est souvent désigné par ce nom.

— C'est fini pour lui. Il est mort, soupire-t-il.

Au centre de la place, Girod s'informe à droite et à gauche. Combien lui reste-t-il d'hommes? Il s'énerve. Il tire son sabre et frappe du plat de la lame ceux qui n'obéissent pas assez vite. Il n'y a plus qu'un moyen de se défendre: se retrancher dans les bâtisses les plus solides et vendre chèrement sa vie. Forget, dans le presbytère. Chénier, dans l'église. Les autres, dans le manoir Dumont et les maisons Scott et Dorion, qui serviront de bastions avancés.

— Allez, plus vite! Plus vite! s'égosille le «général», visiblement dépassé par les événements.

Désiré ne comprend pas plus que les autres ce qui arrive, car, au même moment, d'autres chefs n'ont pas l'air d'accord et palabrent avec de grands gestes. Plusieurs ne sont pas de la région. Ce sont des citadins ou des patriotes qui ont combattu à Saint-Denis et à Saint-Charles avant de rallier la petite armée rassemblée à Saint-Eustache. Ceux-là sont convaincus que la partie est jouée. Le notaire montréalais De Lorimier, en particulier, cherche à convaincre le docteur d'abandonner la partie et de s'enfuir avec eux. La frontière américaine n'est pas loin. Pourquoi se sacrifier pour une cause perdue?

Désiré, qui a trouvé une couverture pour envelopper le corps de Louis, relève la tête en entendant Chénier répondre d'une voix courroucée :

— Faites ce que voudrez, messieurs, moi, je reste. Si je suis tué, je vous jure que j'en tuerai pas mal avant de mourir.

Visiblement, cette réplique théâtrale a ébranlé le jeune De Lorimier, qui, les larmes aux yeux, tend au docteur les deux énormes pistolets d'arçon* qu'il avait dissimulés sous sa redingote.

— Tenez, mon ami, vous en aurez plus besoin que moi.

Chénier le remercie d'un signe de tête poli, puis se tourne vers Désiré.

— Allons, mon garçon, ne reste pas là. Suis-moi !

Désiré balbutie :

— Mais... mais, monsieur le docteur, j'étais juste venu reprendre mon cheval...

Cette fois, Chénier semble retrouver sa bonne humeur et il tape sur l'épaule de l'apprenti forgeron.

— Eh bien, mon garçon : Ta vie pour un cheval. On peut dire que toi, au moins, tu sais pourquoi tu te bats. Seulement à ta place, je me mettrais à l'abri parce que, ici, ça va chauffer.

Le Dr Chénier a rassemblé sa troupe dans le chœur de l'église. À peu près soixante patriotes. Certains tout excités. D'autres nerveux, multipliant les questions:

— Plusieurs d'entre nous n'ont pas de fusils. Comment allons-nous nous défendre?

Le médecin a réponse à tout.

— Ne vous en faites pas, il y aura des tués. Vous prendrez leurs armes.

Désiré est là, également, assis sur un prie-dieu. Il ne peut s'empêcher de penser à Jeanne et à son oncle, réfugiés à la ferme du Domaine. Il se demande ce que dirait l'inflexible curé Paquin s'il voyait ce qu'on est en train de faire dans la «demeure du Seigneur». Une armoire de la sacristie, un poêle de fonte et une pile de bancs ont été poussés pour bloquer les portes. Des patriotes montent sur les autels et fracassent les carreaux des baies vitrées. On boit dans le bénitier et on renverse les confessionnaux afin de barrer les issues secondaires. Seule est demeurée debout la grande statue dorée de saint Eustache, qui, du haut du maître-autel, a l'air de regarder, impassible, tout ce branle-bas de combat. Repensant au curé, Désiré en conclut qu'il serait furieux. Il entend même ce qu'il dirait en levant les bras au ciel : « Sacrilège ! Où vous croyez-vous, bande de mécréants ? » Une pensée qui le fait sourire, mais l'amène tout naturellement à se poser la question. *Oui, qu'est-ce que je fiche ici ? Dans quel pétrin j'ai été me fourrer ?* Aussitôt, la réponse s'impose dans son esprit avec la force implacable de ce qui paraît l'évidence même : *Je vais mourir… Nous allons tous mourir !*

Il lève alors la tête et aperçoit, dans une des chapelles latérales, un portrait de la Vierge. Elle a le visage doux et lumineux de Jeanne…

À ce moment, une poigne solide lui serre le bras, le ramenant brutalement à la réalité. C'est le Dr Chénier qui lui montre le jubé :

— Ceux qui ont les meilleurs fusils, en haut !

Désiré s'engage dans l'escalier menant à la plus haute galerie. Au milieu des marches, il rencontre Augustin, qui le salue en lui passant une corne à poudre et un sac de balles.

— Bienvenue en enfer ! Je ne m'attendais pas à te retrouver ici. Tu as vu Louis ?

— Mort. As-tu du papier pour la bourre* ?

— Non, débrouille-toi. Moi, j'ai arraché quelques pages de la Bible du curé, sur le lutrin, là-bas.

Sur la plus haute des deux passerelles de bois sculpté qui enjambent la nef, dix ou douze insurgés sont embusqués derrière les hautes verrières qui décorent la façade de l'église. La plupart s'affairent à charger leurs fusils.

— On voit rien *pantoute* à travers ces vitres, se plaint le voisin de Désiré.

Augustin saisit son mousquet par le fût et entreprend de défoncer la fenêtre qu'il a devant lui. Après un bref moment d'hésitation, plusieurs autres l'imitent avec un plaisir presque enfantin. Désiré, à son tour, cogne de toutes ses forces sur les vitraux, qui cèdent ouvrant un trou béant. Une bouffée d'air glacé lui pique la peau des joues. Prudemment, il glisse la tête dehors. En bas, la place du village s'est vidée. Au loin, on distingue les points rouges des uniformes britanniques. Les soldats ont commencé à s'infiltrer dans le village. À travers la grande rue, trois artilleurs poussent les roues d'un canon avec l'intention de le pointer sur l'église. Tout à coup, un tir nourri part de la maison Scott et fauche deux des servants. Des soldats se précipitent et font reculer la bouche à feu jusqu'à l'endroit où la courbe du chemin les dérobe à la vue des Canadiens.

Quelle heure peut-il être? D'après la hauteur du soleil: autour de midi.

Désiré pose le canon de son arme sur un reste de meneau*, ce qui lui permet de soulager ses bras. Augustin lui tend un quignon de pain et une flasque de whisky. Il refuse d'un geste.

Brusquement, un sifflement assourdissant se fait entendre, suivi d'un choc épouvantable qui ébranle les murs de la maison de Dieu et fait pleuvoir des écaillures de peinture.

Le bombardement vient de commencer.

De sa position surélevée, Désiré peut voir distinctement les canonniers qui enfoncent leurs écouvillons* dans la gueule des canons. Il peut même prévoir quand chaque pièce est prête à cracher sa charge meurtrière. Une explosion. Un jet de flammes. Un nuage blanc. Et deux secondes plus tard, le projectile fait dégringoler un pan de mur, décapite un arbre ou vient frapper de plein fouet les lourdes portes de l'église.

À chaque impact, Désiré tressaille et se plaque contre la muraille, loin de la fenêtre. Parfois, un boulet passe par une des ouvertures, écornant les colonnes dorées du temple ou faisant voler des éclats de bois et des morceaux de gravats, qui remplissent l'air de poussière et le rendent irrespirable.

Une heure durant, le pilonnage continue. Pourtant, malgré le vacarme assourdissant et le fracas des impacts, le bâtiment criblé de projectiles est toujours debout.

Augustin donne un coup de coude à Désiré.

— Tu as vu les boulets en bas? Il y en a partout. On dirait de gros grêlons.

Du côté anglais, on semble aussi avoir compris que le bombardement n'a pas les effets destructeurs escomptés. La canonnade s'apaise un moment, mais ce silence est loin de dissiper les craintes des assiégés.

— Qu'est-ce qu'ils fabriquent? demande Augustin, assis la tête sur les genoux.

Désiré jette un coup d'œil par la fenêtre en prenant soin de ne pas s'exposer aux tirs isolés.

— Je n'en sais rien. Ils installent des espèces de tubes.

Il n'a pas le temps d'en dire plus. Une fusée[28] jaillit dans le ciel en laissant derrière elle une traînée de feu puis, soudainement, elle change sa trajectoire, fait demi-tour et passe juste au-dessus de la tête des soldats qui l'ont allumée.

Désiré essaie d'expliquer ce qu'il vient de voir.

---

[28] L'armée anglaise utilisait des sortes de roquettes, mais celles-ci étaient capricieuses et impressionnaient plus qu'elles ne causaient de dégâts.

— Ils nous *garrochent* des espèces de feux d'artifice. Par contre leur truc marche pas fort. Ils ont failli se brûler le toupet avec.

Tout le monde rit, et, pendant une minute, chacun oublie la peur qui lui noue les tripes.

Les canons recommencent à tonner. Cette fois les coups sont mieux ajustés. Plusieurs boulets fracassent ce qui reste des verrières. À quelques pieds de Désiré, un homme se tord sur le plancher en poussant des cris déchirants. La triste nouvelle passe de bouche à oreille.

— C'est Courville, il a tout le côté d'emporté. C'est pas beau à voir.

Une odeur âcre se répand bientôt dans toute l'église.

— Ils mettent le feu aux maisons !

Furtivement, Désiré risque à nouveau un regard dehors.

Fusil à la main, des fantassins anglais descendent la grande rue. Il les voit pénétrer dans la demeure de M. Scott et le manoir Dumont. Des coups de feu retentissent à l'intérieur. Des cris. Des flammes aux fenêtres. *Ils ont dû renverser les poêles*, se dit Désiré.

Bientôt, l'incendie gagne tous les bâtiments qui entourent l'église. Le spectacle est horrible. Plusieurs insurgés, qui s'étaient retranchés dans les habitations transformées en brasiers, essaient de s'échapper, mais, sitôt sortis, ils sont embrochés au fil de la baïonnette ou fusillés à bout portant.

Révolté, Désiré épaule son arme et tire. Un *habit rouge* qui venait d'allumer un tas de fagots empilés le long d'un des murs du presbytère s'écroule, touché en plein cœur.

— Feu à volonté! crie le docteur.

Tous ceux qui ont une arme la mettent en joue. Une volée de plomb s'abat sur les soldats qui traversent en courant le parvis et encerclent l'église. Désiré recharge son fusil et s'apprête comme les autres à tirer une seconde salve. Mais, attisé par un vent fort, l'incendie faisant rage dans le village dégage de tels tourbillons de fumée qu'on n'y voit plus rien. L'air est irrespirable. Au milieu de cette épaisse boucane qui envahit peu à peu le camp retranché, quelqu'un lance :

— Où sont les renforts?

Une voix lui répond sur un ton caustique :

— Compte pas là-dessus! Cette ordure de Girod a décampé depuis belle lurette. Dès que ça a commencé à tirailler, il a enfourché son cheval et a filé vers Grand-Brûlé. Même qu'un gars de Sainte-Scholastique a essayé de l'arrêter. Seulement son fusil a fait défaut. Il a brûlé trois amorces* pour rien, et, à la quatrième, quand le coup est parti, l'autre était hors d'atteinte. Le type était tellement en *maudit* d'avoir raté ce salaud qu'il a brisé son arme contre un mur…

— Est-ce que c'est vrai, docteur?

Chénier réajuste les pistolets enfilés dans sa ceinture fléchée et ramasse le fusil d'un blessé. Il se contente de hausser les épaules.

— Qu'importe! Si le général nous a trahis, tant pis pour lui. La peur grandit ou abaisse les hommes. Nous, ce qu'il faut, c'est tenir. Rien n'est perdu. Le vent peut encore tourner.

Bien qu'il éprouve une réelle admiration pour le docteur, Désiré ne peut s'empêcher de penser que, si la situation a pris un tour désespéré, la faute en revient aussi en grande partie à cet homme, dont la bravoure n'a d'égale que le manque de jugement. *S'enfermer dans cette église, c'était de la folie. Faits comme des rats. Pourquoi ne pas avoir pris le bois? Là, les Anglais avec leurs paquetons de quarante livres sur le dos, leurs guêtres, leurs tuniques rouges et leurs chapeaux en tuyau de poêle[29], on aurait pu les tirer comme des dindons sauvages. Ben, non. On se retrouve ici! Il serait vraiment trop absurde de mourir ainsi. Seulement voilà, comment s'en sortir maintenant?*

---

[29] Les Anglais portaient des shakos, chapeaux de feutre noir cylindriques ornés d'une plaque de laiton, d'une cocarde et d'une plume de couleur.

Désiré sent la fatigue le gagner. Il n'a presque plus de poudre, et il ne lui reste qu'une poignée de balles. Il étire ses muscles endoloris. Depuis combien de temps est-il posté dans l'embrasure de cette fenêtre? Pas loin de quatre heures…

Dehors, la nuit commence à tomber, la splendeur pourprée du soleil couchant se mêlant au rougeoiement sinistre des incendies.

À tout moment l'église aussi risque de s'embraser. Tantôt c'est un brandon porté par le vent qu'il faut vite écraser sous le talon, tantôt c'est une botte de paille enflammée qu'un Anglais lance en dedans par une des verrières béantes et qu'il faut renvoyer prestement avant que le feu ne se communique aux boiseries et aux tentures.

Les canons, à nouveau, se sont tus.

Un coup de feu éclate qui fait se retourner toutes les têtes. Des cris proviennent de la sacristie. On se bat DANS L'ÉGLISE!

Tout à coup, ils sont là, faisant irruption par une porte arrière mal gardée. Et le premier qui surgit est un jeune major qui entre, sabre au clair, debout sur son cheval[30]. Éberlués par ce spectacle insolite, les patriotes hésitent un moment avant de riposter. Puis ils retournent leurs armes vers la nef et mitrail-

---

[30] Le major Ormsby.

lent les intrus qui reculent en désordre et prennent position derrière le maître-autel.

L'officier lui-même doit descendre de selle précipitamment et chasser sa monture d'une tape sur la croupe.

— *Surrender and your life will be spared*[31]! crie le major.

— Va au diable! lui répond Augustin.

Un feu nourri de mousquetterie met fin à ce bref échange. Claquement sec des *Brown Bess*[32]. Pétarade plus confuse des armes de différents calibres des patriotes. Les balles décapitent les statues, crèvent les tableaux et déchiquettent les lambris et les stalles du chœur. Au milieu du nuage de poudre qui flotte dans l'église, Chénier fait signe à Désiré et à Augustin:

— Vous deux, prenez des haches et détruisez-moi les escaliers qui montent jusqu'ici!

Sans hésiter, les deux hommes lâchent leurs armes et s'emparent des cognées qu'on leur donne. Quelques coups bien assénés et les degrés de bois sont démolis, rendant inaccessibles les galeries. Sa besogne achevée, Désiré s'apprête à remonter quand il ressent une brûlure à l'aine. Il écarte un pan de son

---

[31] «Rendez-vous et vous aurez la vie sauve!»

[32] Fusils de l'armée anglaise.

capot de laine et tâte sa chemise, au bas de laquelle s'élargit une tache rouge. Ses doigts sont pleins de sang. Augustin, qui bûche en bas de l'autre escalier, l'interpelle en lui montrant l'autel, derrière lequel sont embusqués les *habits rouges*.

— Il faut prévenir les autres. Regarde !

Une épaisse fumée s'élève du chœur. Les Anglais ont accumulé derrière la sainte table tout ce qu'ils ont trouvé d'inflammable : registres, vêtements sacerdotaux, chaises, meubles brisés, auxquels ils ont mis le feu.

— Ils veulent nous faire griller ! Au feu ! Au feu ! crie l'apprenti forgeron.

Trop tard. Les flammes lèchent déjà la voûte. Elles courent de pilier en pilier, dévorent la chaire, crèvent le plafond, s'engouffrent dans les clochers à double lanterne, au sommet desquels les cloches se mettent à sonner toutes seules avant de se décrocher et de s'écraser au sol avec fracas.

Très vite la chaleur devient insupportable.

Les blessés, couchés sur le plancher rongé par le feu, poussent des cris atroces qui se perdent dans le rugissement de l'immense brasier.

De peine et de misère, Désiré réussit à rejoindre ses compagnons, sur qui souffle un vent de panique.

— Nous sommes flambés! lance Chénier. Il faut sortir d'ici. Sautez par les fenêtres basses. Allons, ne restez pas là! Dépêchez-vous! Sitôt dehors, fuyez vers la rivière. C'est votre seule chance…

Obéissant à leur chef, les derniers défenseurs abandonnent leur poste. Ils jettent leurs fusils après les avoir déchargés une dernière fois sur l'ennemi. Puis ils descendent comme ils le peuvent du jubé en s'aidant mutuellement.

Désiré les suit jusqu'à la chapelle de la Vierge, la seule qui ait été épargnée par les flammes.

Un patriote enjambe le rebord de la fenêtre et saute à l'extérieur. Aussitôt qu'il touche le sol, il fonce dans la neige. Un soldat lui barre le chemin et lui plante sa baïonnette dans le ventre. Un second tente le coup. Un officier britannique l'ajuste avec son pistolet et l'abat d'une balle au milieu du front. Un à un, ils se précipitent ainsi dans le vide. Joseph Guitard, Deslauriers, Cabana, Langlois. Pas un de ceux qui ont foulé le sol ne parvient à faire plus de trois pas.

Le docteur Chénier fait le saut à son tour. Il est touché lui aussi, mais se relève et court vers la rivière glacée. Il a presque atteint le pont qui franchit le fossé du cimetière quand une seconde balle le frappe dans le dos. Il titube,

79

trouve malgré tout la force de tirer en direction du peloton de soldats qui le poursuit. Il tombe à genoux, tente de recharger. Il n'en a pas le temps. Les soldats fondent sur lui et l'achèvent à coups de crosse.

Debout sur le bord de la fenêtre, Désiré a tout vu. Il hésite. Où est passé Augustin ? Sans doute mort, lui aussi. Sa blessure au flanc le fait grimacer de douleur. Il n'ira pas loin en perdant tout ce sang. L'étroite bande de terrain entre l'église et le couvent fourmille d'*habits rouges*. Quelle chance a-t-il de leur échapper ? Aucune. C'est du suicide !

Son esprit se met alors à penser à une vitesse accélérée. *Il doit bien y avoir une autre issue...* Une image lui revient. Il se revoit enfant de chœur dans cette même église, caché dans le noir avec un autre galopin de son âge, en train de boire au goulot du vin de messe dérobé au curé. Il se souvient alors que, près de l'entrée, dans le bas-côté, existe une entrée de cave dissimulée sous un tapis. Une cachette idéale.

De retour dans la nef dévastée, la chaleur infernale le force à reculer. Il arrache une nappe d'autel, la déchire et la trempe dans le bénitier avant de s'en entourer la tête. Puis il cherche à tâtons la trappe menant à l'abri souterrain. La vue des cadavres calcinés qui jonchent le sol lui lève le cœur. À demi asphyxié, il trouve enfin ce qu'il cherche. La trappe est fermée par un cadenas rouillé qu'il fait sauter. Le linge mouillé devant la bouche et le corps secoué par la toux, il parvient à soulever le panneau de bois et à se glisser dans la cave. La trappe refermée, il ne lui reste plus alors qu'à boucher les interstices pour stopper la fumée.

SAUVÉ ! Désiré a beau se répéter ce mot, il ne ressent pas vraiment de réconfort. Trop de choses se bousculent dans sa tête. *Tous ces morts... Quelle absurdité ! Et cette abominable odeur de chair brûlée, si tenace qu'on a l'impression qu'on ne s'en débarrassera jamais...*

La cave est en fait une crypte encombrée de vieux cercueils éventrés. Il s'y fraie un chemin jusqu'à l'unique soupirail, au travers duquel luisent les dernières lueurs de l'incendie. L'air frais lui fait du bien et l'aide à reprendre ses esprits. Il n'y a qu'à attendre. Attendre la nuit. Attendre le jour, en espérant qu'une fois le carnage et la mise à sac du village achevés, les soldats et les volontaires ne fouilleront pas les décombres avec trop d'attention.

Les heures s'écoulent. On n'entend plus que quelques coups de feu isolés. Dans sa cachette, Désiré n'a qu'une idée confuse de l'issue de la bataille. Tapi dans l'ombre, il guette le moindre mouvement à l'extérieur. Parfois, il surprend des bribes de conversations.

Un *régulier**, fin saoul, dispute à son compère un calice. Une mère de famille en larmes, son bébé sur la hanche, demande à tous ceux qu'elle rencontre s'ils n'ont pas vu son fils… Chargée de cadavres, une voiture rouge s'arrête un instant devant le soupirail. Des filets de sang dégoulinent entre les planches. Au milieu de la place, des soldats fouillent les poches des morts, déjà durcis par le froid, et les déshabillent avant de les entasser dans le véhicule. Des prisonniers garrottés sont emmenés à la pointe du fusil. L'un d'eux trébuche. Son gardien le roue de coups en l'abreuvant d'injures.

La nuit tombe enfin. Des feux de camp s'allument. On entend des rires et même les volutes sonores d'un violon qui entame un *reel**.

Soudain, deux membres des Saint-Eustache Loyal Volunteers[33] se dirigent vers le refuge de Désiré. Le jeune forgeron tressaille et retient son souffle. Fausse alerte. L'un des volontaires pisse sur le mur extérieur, puis

---

[33] Corps de volontaires loyalistes commandé par le capitaine Maximilien Globensky. Il fut chargé de couper la retraite des Patriotes qui voulaient fuir par la rivière gelée.

rejoint son ami, qui allume sa pipe. Les deux hommes se mettent à bavarder.

— Tu as vu comme on les a tirés du pont ! Ça courait sur la glace. Tu les alignais. Pis, pang ! Tu pouvais pas les manquer. Comme des canards ! On en a eu combien d'après toi ?

Désiré tend l'oreille. La voix lui est familière.

— Je ne sais pas, répond l'autre un peu mal à l'aise. Je ne pensais pas que ça virerait de cette façon. J'en connaissais plusieurs et j'ai tiré au-dessus de leur tête.

— Moi, j'ai pour mon dire qu'ils ont eu ce qu'ils méritaient. C'étaient rien que des *mange-curés** et des bandits…

— N'empêche que, de notre bord, il y en a qui n'y ont pas été de main morte. À la Grande-Côte, il paraît qu'un carabinier de Montréal a tiré une balle de pistolet dans la gorge du petit Martineau, qui était juste sorti pour voir. Un *ti-cul* de onze ans. Penses-y. Ça as-tu du bon sens !

— Que veux-tu… On fait pas d'omelette sans casser des œufs.

— Soixante-dix morts, les plus belles maisons du village brûlées. Ça fait beaucoup d'œufs cassés, tu trouves pas, Narcisse ? On dit même que, devant le massacre, les curés ont *viré capot**. Le vicaire Desève a été visiter les blessés, et M. Turcotte, de Sainte-Rose, à ce qu'on dit, est allé sur la glace assister les mourants.

— Moi, je ne regrette rien *pantoute*!

— Je comprends! Avec tout le butin que tu as ramassé… Au fait, le beau cheval que tu as récupéré, ce serait-y pas celui de Bourbonnais?

Du fond de sa cache, Désiré n'a pas perdu un mot de cet échange.

Narcisse Cheval était donc parmi ces assassins, et Princesse est tombée entre ses sales pattes! *Voilà donc l'homme qui, peut-être un jour, va coller sa bouche sur les lèvres de Jeanne! Voilà l'homme qui va la prendre par la taille et la serrer contre lui!*

Cette vision lui est si odieuse qu'il doit se mordre le poing pour ne pas hurler de rage.

IV

Saint-Benoît,
le 15 décembre 1837

Au matin, fatigué et transi, après avoir dormi seulement quelques heures, Désiré s'éveille avec encore dans la tête le souvenir du cauchemar qui l'a agité durant son sommeil. Un cauchemar sur fond de nuit rouge, hanté par des cris déchirants, des claquements de fusil, des appels de clairon et des grondements de canon.

Le silence l'étonne. Il regarde par le soupirail. Le village semble désert à part quelques femmes enveloppées dans leur châle noir, qui essaient de récupérer la dépouille d'un proche auprès de quelques soldats, l'arme à l'épaule, qui se réchauffent les mains autour d'un brasero.

Désiré se demande s'il est prudent de quitter sa tanière. Mais a-t-il réellement le choix ? Rester dans ce trou, sans nourriture ni couverture, revient à se condamner à mourir de faim et de froid. Avec d'infinies précautions, il soulève donc le panneau de la cave.

Personne.

L'église en ruines n'a plus de toit ni de clochers. Un monceau de débris fumants occupe tout l'espace entre les quatre murs noircis de ce qui reste du vaisseau central. Il escalade un tas de gravats et enjambe des poutres carbonisées. Des restes humains émergent parfois des décombres. Ici, un corps complètement consumé, les viscères sortis. Là, un torse indécemment dénudé par le feu. Un objet rond roule sous ses pieds : un crâne, orbites vides et bouche ouverte, figé dans une expression d'indicible terreur. Dans la sacristie, le spectacle est tout aussi désolant. Ce que les flammes ont épargné a été saccagé par les hommes avec une véritable fureur iconoclaste : armoires renversées, crucifix brisés, toiles lacérées.

Désiré vérifie si la pompe fonctionne encore. La plaie qui l'élance sur le côté doit être lavée au plus vite. Heureusement, la balle n'a fait que traverser le gras. Il ôte sa chemise maculée de sang, la bouchonne et l'imbibe dans l'évier de pierre. À peine nettoyée, sa blessure se remet à saigner. Il ramasse une aube qui traîne à terre et la déchire pour en faire un bandage grossier, qu'il noue autour de sa taille. Puis, en fouillant dans une garde-robe ayant appartenu sans doute au curé Paquin, il trouve une vieille *bougrine** de drap, qu'il enfile. Elle fera l'affaire. Grâce à elle, il pourra faire croire qu'il n'est qu'un simple habitant de passage et quitter le village sans trop se faire remarquer. Une seule chose le préoccupe. Ses doigts. Il a beau les frotter, ils restent noirs et sentent la poudre. Sans mitaines, le risque est grand qu'un soldat découvre qu'il a manié une arme. *Tant pis*, se dit-il, *c'est un risque à prendre. Je n'aurai qu'à ne pas sortir les mains de mes poches.*

Le voici dehors. Soupir de soulagement. Pas d'erreur, les Royaux[34] ont bien quitté le village.

Coiffé d'un shako et chargé d'une cartouchière prise sur un mort, un gamin traverse la place de l'église. Désiré l'arrête.

— Où sont les Anglais ?

— L'armée a levé le camp depuis neuf heures ce matin.

— Qui garde le village ?

---

[34] Autre nom donné aux soldats et volontaires loyalistes fidèles au gouvernement.

L'enfant ne sait pas trop. C'est le capitaine Globensky qui décide de tout. Il garde les prisonniers. Tous les gens qui ont des armes doivent les lui remettre et prêter serment de fidélité à la Reine.

Désiré remonte le col de son paletot et poursuit son chemin. Près du cimetière, devant le charnier, des corps, faute de bières pour les transporter, sont alignés sur des tréteaux et achèvent d'être incinérés. Plus loin, des soldats creusent une fosse commune. Ils sont trop occupés pour remarquer Désiré. Un officier le suit bien du regard un moment, mais un couple de vieillards retient son attention. Ils supplient qu'on leur rende leur fils. Ils ne veulent pas qu'il soit enterré sans cercueil[35].

Désiré en profite pour accélérer le pas. Il sait qu'à chaque instant il peut rencontrer une ancienne connaissance ou quelqu'un qui l'a vu un fusil à la main. Devant la taverne du *Black Bull*, il tombe justement sur un groupe de badauds rassemblés devant une fenêtre grande ouverte. Il y a là aussi deux sentinelles, qui gardent la porte de l'établissement, et un prisonnier, qu'un *habit rouge* pousse devant

---

[35] Vingt-cinq corps furent enterrés hors du cimetière, dans une fosse. À la fin des combats, on dénombra quarante cadavres dans l'église et une vingtaine dans les restes du presbytère et du couvent.

lui pour le forcer à regarder à l'intérieur. Désiré se mêle discrètement aux curieux. Il ne comprend pas ce que ces gens font là, car la plupart parlent anglais et ne sont pas du village. Des loyalistes venus de Gore, de Chatham, de Grenville, de Saint-Andrew et de Glengarry. Certains d'entre eux le dévisagent avec suspicion, mais Désiré affecte de ne pas s'en apercevoir. Feindre de vouloir savoir ce qui se passe à l'auberge est le meilleur moyen de ne pas éveiller de soupçons. Au milieu de la bousculade, il se hausse sur la pointe des pieds… et découvre enfin avec dégoût de quoi il s'agit.

Sur le plancher du *bar room*[36] gisent une quinzaine de blessés ensanglantés, mais ce ne sont pas eux qui suscitent le plus d'intérêt. Le pôle d'attraction est un cadavre étendu sur le comptoir. Ce dernier a la tête couverte de caillots de sang séché. Il est nu jusqu'à la taille et sa poitrine un peu grasse est fendue du haut en bas. Un scalpel à la main, un médecin militaire, vêtu d'un tablier de cuir, est en train d'en retirer une masse d'où s'égoutte un jus noirâtre.

Désiré réprime un mouvement de recul. Ce pauvre défunt, exposé comme une carcasse sur un étal de boucherie, n'est nul autre

---

[36] Bar-salon.

que le Dr Chénier. Désiré ferme les yeux et tente de résister au mouvement de la foule, qui, elle, se presse pour voir de plus près le sordide trophée que le chirurgien exhibe avec complaisance à la pointe d'une baïonnette avant de le déposer dans une cuvette.

Le soldat, qui tenait tant à ce que son prisonnier assiste à la scène, réussit finalement à amener celui-ci au premier rang. Le *bonnet bleu* est un tout jeune homme mort de peur. Le militaire lui saisit le cou et le force à voir le macabre spectacle.

Il lui beugle en anglais :

— *Come see how rotten your Chenier's heart was*[37] !

Pris de nausées, le jeune patriote se débat désespérément pour échapper à la poigne de son tortionnaire et, dans la brève bagarre qui suit, il se retrouve face à face avec Désiré. Le regard des deux hommes se croise, et, l'espace d'une seconde, l'apprenti forgeron lit dans la prunelle effarée du malheureux que celui-ci l'a reconnu. Désiré a même la certitude qu'il va ouvrir la bouche et dire son nom. Heureusement pour lui, au même moment,

---

[37] « Viens donc voir comme ton Chénier avait le cœur pourri ! » L'incident est un fait historique, et les Anglais ont véritablement retiré le cœur de la dépouille du Dr Chénier.

le soldat abat son poing sur la nuque de sa victime, qui s'écroule à terre, inconsciente.

Un quart d'heure plus tard, Désiré est hors de danger. Après avoir contourné le piquet de loyaux chargés de surveiller l'entrée du village, il réussit enfin à gagner le chemin de la Petite-Rivière.

Maintenant qu'il a combattu aux côtés des rebelles, il n'y a plus qu'à aller jusqu'au bout de l'aventure. À Saint-Benoît, il retrouvera sans doute le gros de l'armée des Patriotes et tous ceux qui ont échappé au massacre. Car le curé de la paroisse, M.Chartier, malgré la colère de l'épiscopat, s'est déclaré en faveur du mouvement, et on raconte qu'il a même béni ceux de son village qui ont pris les armes.

Cinq lieues de marche dans la neige. Cinq heures à se cacher à plat ventre au passage du moindre cavalier. À couper à travers champs. À escalader les *pagées** des clôtures. À patauger dans l'eau glacée des ruisseaux pour éviter les patrouilles.

Désiré, qui n'a rien mangé depuis deux jours, est à bout de forces. Il ne sent plus ses orteils ni le bout de ses doigts. Gelés, sans doute. Il est presque midi quand se dessine à l'horizon le mont du Calvaire et le mont Saint-Joseph. Désiré grelotte. Sa blessure le fait souffrir atrocement. Une douleur lancinante lui perce le flanc et le force à s'arrêter de plus en plus souvent. Heureusement, Saint-Benoît n'est plus très loin. Il distingue déjà le clocher de l'église. La maison du notaire est juste à côté. Hippolyte, le clerc du notaire Girouard, y habite. C'est une vieille connaissance et un des familiers de la forge. Il lui trouvera bien une chambre et lui fera l'aumône d'un bon bol de soupe.

Cependant, en approchant des premières maisons, le rouquin remarque un certain nombre de détails intriguants. Tout d'abord, plusieurs portes de ferme arborent un drapeau blanc, et, à entendre les vaches mugir, il est évident que le train* n'a pas été fait depuis un bout de temps. *Pourquoi personne ne se montre? Où sont les avant-postes des Patriotes? Où est l'armée que devait rassembler le général Girod? Pourquoi n'y a-t-il ni barricades ni barrages?*

Voici enfin la demeure du notaire. Personne non plus.

Pressentant un danger, Désiré, au lieu de franchir la porte cochère et d'aller frapper à l'entrée principale, décide d'escalader le muret du jardin qui entoure la riche habitation de pierre à double pignon. Des éclats de voix lui parviennent. Il longe les murs et jette un coup d'œil dans la cour. Celle-ci est remplie de monde. Un cordon de soldats anglais, baïonnettes au canon, y encadrent une longue filée de patriotes armés qui, un à un, se présentent devant un officier à cheveux blancs et au front large. Une main sur la hanche et l'autre sur son sabre, l'homme a de belles bottes luisantes, et sa tunique impeccable est chargée de médailles. Chaque fois qu'un rebelle s'avance, il incline légèrement la tête pendant que le Canadien laisse tomber son fusil sur le tas d'armes qui grossit à ses pieds.

Désiré cherche en vain un visage familier. Il ne voit que des faces défaites, ravagées par la peur.

Le troupeau humain est maintenant désarmé, et les deux ou trois cents prisonniers qui le composent attendent en silence, soumis, le chef baissé. L'officier fait signe à un petit groupe de notables de s'avancer. Il les toise avec mépris et leur dit, dans un français sans accent :

— J'accepte votre reddition. J'épargnerai vos vies et vos biens. Mais je vous préviens que, si mes troupes essuient un seul coup de fusil, je raserai cette paroisse jusqu'à la dernière pierre et ferai fusiller les responsables. Vous devrez aussi me livrer vos chefs : M. Girouard, le sieur Dumouchel, M. Chartier, les deux Masson, Hercule et Camille, tous ceux dont la tête est mise à prix. Ceux qui leur offriraient asile risquent aussi le peloton. *Did you understand me*[38]?

— *Yes, sir ! Yes, Mr. Colborne !*

L'officier tourne les talons et rentre dans la maison du notaire laissant à un lieutenant le soin d'achever les opérations. Il enjoint d'abord à ceux qui viennent de se livrer de rentrer chez eux puis, au dernier moment, il se ravise et, tout en faisant évacuer la cour, il choisit au hasard dans les rangs des vaincus une douzaine de citoyens parmi les mieux habillés, qu'il fait aligner le long d'un des murs du jardin.

Un ordre bref en anglais. Une estafette* sort en courant. Les patriotes retenus échangent des regards inquiets. Soudain, deux canons, tirés par de lourds attelages, surgissent au milieu de la cour. En un clin d'œil, ils sont chargés et braqués sur les otages. Le lieutenant allume alors une torche, qu'il tient juste au-dessus de la mèche de la première pièce.

— *I'll repeat our general's question : tell us where your leaders are*[39]?

---

[38] « Vous m'avez compris ? »

[39] « Je répète la question : Vous allez nous dire où sont vos chefs ? »

94

Les bourgeois terrorisés supplient, sanglotent ou tombent à genoux. Le lieutenant se débarrasse de sa torche et agrippe par le revers de la redingote le premier prisonnier qui lui tombe sous la main. Il lui pointe un pistolet sous le menton.

— *You, speak or I will blow your head off*[40] !

Le jeune homme tremble de tous ses membres, et un liquide jaunâtre s'écoule sur ses souliers.

Désiré a un choc. Ce garçon un peu efféminé qui pleurniche comme un enfant, c'est Hippolyte.

L'Anglais jure en lâchant sa proie.

— *This damn bastard has wet his pants*[41] !

L'officier abaisse son arme et traîne le pauvre clerc par le collet jusqu'à un billot, sur lequel il le force à poser sa tête. Cette fois, il dégaine son sabre et, fou de rage, le brandit, prêt à assener le coup fatal. Il vocifère :

— *Speak or die*[42] !

Hippolyte s'effondre. L'autre lui flanque un violent coup de pied dans le ventre et lui hurle dans un mauvais français :

---

[40] « Toi, tu parles ou je te brûle la cervelle ! »

[41] « Ce maudit bâtard a pissé dans sa culotte ! »

[42] « Tu parles ou tu es mort ! »

— Tu te décides, espèce de *maudit lâche*…

Hippolyte se tord de douleur.

— Monsieur Dumouchel a pris le bord de la montagne du Lac, et monsieur le notaire, il… il est aux… aux…

Incapable de résister, Désiré bondit :

— Fais pas ça, Hippolyte ! Tais-toi ! *Bâtard* ! Conduis-toi comme un homme.

Le lieutenant hurle :

— *Stop that man*[43] !

Désiré a déjà filé. Il court en se demandant encore ce qui a bien pu le pousser à intervenir. Au bout de quelques foulées, il doit ralentir pour reprendre son souffle. Sa blessure lui taraude le côté. Elle a dû se rouvrir. Les rues sont pleines d'*habits rouges*. Il s'efforce de marcher normalement comme un simple paroissien qui regagne son logis. Précaution inutile, car il se rend vite compte que ces milliers de militaires ont bien d'autres chats à fouetter.

D'après le soleil, il doit être à peu près une heure de l'après-midi. D'autres régiments arrivent de partout. Du lac des Deux-Montagnes, de la rivière Rouge. Des troupes de Carillon. Des volontaires de Saint-Andrew.

---

[43] « Arrêtez cet homme ! »

Des Orangistes de Gore[44]. Des fantassins en uniformes mêlés à des bandes désordonnées de loups humains attirés par l'odeur de la curée. Beaucoup sont venus en voiture, et ils n'ont pas l'intention de repartir à vide.

Désiré sait ce dont sont capables ces individus. Ce sont pour la plupart des fiers-à-bras venus des cantons loyalistes. Des voyous qu'il a déjà vus à l'œuvre au cours des dernières élections quand ils débarquaient à Saint-Eustache, distribuant de l'eau-de-vie et des tartines beurrées à ceux qui votaient pour leurs candidats et tabassant à coups de gourdin ceux qui refusaient. De la canaille habituée à se servir de la politique pour masquer ses crimes et ses brigandages.

Désiré a presque atteint les limites du village quand il tombe justement sur une de ces cliques bruyantes. Par prudence, il se dissimule derrière une grange et les laisse passer. À leur tête, monté sur un fringant petit cheval noir, caracole un volontaire. Désiré reconnaît aussitôt la monture. C'est Princesse! Le cavalier, lui aussi, n'est pas sans lui rappeler

---

44 Les paroisses francophones de Saint-Eustache et de Saint-Benoît étaient entourées de cantons et de paroisses majoritairement anglophones et orangistes (Saint-André, Carillon, Gore, Chatham, Glengarry), c'est-à-dire farouchement francophobes et anticatholiques.

quelqu'un. Narcisse Cheval! Le jeune forgeron n'en croit pas ses yeux. C'est bien lui, aucun doute possible. Narcisse qui savoure son heure de gloire. Narcisse qui monte son cheval et joue au héros du jour, sanglé dans un magnifique dolman* vert à double rangée de boutons dorés. Que fait-il là?

La rage au cœur, le fugitif retient son souffle et se met à épier son rival. Narcisse, en effet, ne se contente pas de défiler avec la suffisance d'un général romain triomphant. Il se lève régulièrement sur sa selle et pointe de son doigt des maisons. Désiré ne tarde pas à comprendre. Ces bâtiments appartiennent à des familles sympathiques à la cause patriotique, et Narcisse est en train de les désigner comme des biens susceptibles d'être pillés sans scrupules. Et c'est ce qui se produit. Aussitôt qu'il a indiqué une maison, ses hommes en forcent la porte et, quelques minutes plus tard, en sortent avec tout ce qui a quelque valeur: meubles, instruments aratoires, sacs de grain, lesquels sont chargés dans les *berlots* qui suivent la compagnie.

Les pillards sont maintenant à une bonne distance de la grange. Désiré sort de sa cachette et détaille tristement sa chère Princesse. La pauvre bête a les flancs ensanglantés à force d'avoir été éperonnée. Nerveuse, elle fait de brusques écarts sur la route, et Narcisse doit la cravacher pour la remettre dans le droit chemin.

Toujours la mort dans l'âme, l'apprenti forgeron la regarde s'éloigner en se jurant bien qu'un jour il fera payer tout cela à ce sale *fend-le-vent** de Narcisse. Par contre, tenter quoi que ce soit maintenant serait pure folie. Un flot continu de royaux se répand dans les rues[45], toujours plus excités, toujours plus avides de boissons fortes et de rapines. Après ce qui s'est passé à Saint-Eustache, inutile de se faire des illusions. La mise à sac du village ne saurait tarder.

Témoin impuissant, Désiré hâte donc le pas, et, plus il avance, plus les scènes de vols et les actes de vandalisme se multiplient autour de lui. Veaux, vaches, cochons sont tirés de leur enclos et attachés à la remorque des *sleighs* et des voitures sur roues.

Un escadron d'éclaireurs survient. Ils mettent pied à terre pour nourrir leurs chevaux. Ils sont ivres. Désiré les entend se vanter à haute voix d'avoir tout cassé dans l'église, piétiné les hosties et uriné dans les vases sacrés[46]. L'un d'eux, par dérision, a même

---

[45] On estime à entre 4 000 et 6 000 militaires le nombre de soldats ayant investi Saint-Benoît : environ 1 800 réguliers et 3 500 volontaires.

[46] Authentique.

endossé une chasuble ayant appartenu au curé et noué une étole au cou de son cheval.

Bientôt des hangars et des granges prennent feu à la grande joie des incendiaires qui dansent et jouent de la trompette devant les bâtiments en flammes. Désiré croise un troupier saoul mort qui rejoint sa colonne en riant et en agitant deux dindes vivantes au-dessus de sa tête :

— Mon magasinage de Noël est fait ! clame le soudard en bavant.

De l'autre côté du chemin, un Écossais en kilt se promène avec une guitare volée suspendue au cou et une grosse motte de beurre dans les bras. Tout semble bon à emporter pour les voleurs : horloges grand-père, pianos, lits, courtepointes, rouets.

Des barbares, pense Désiré. *Comment peuvent-il se rabaisser à ce point ?*

Mais en matière d'ignominie, le jeune apprenti est loin d'avoir encore tout vu. Car la soldatesque, après avoir dérobé tout ce qu'il y avait à prendre, est encore insatisfaite. Elle semble saisie d'une sorte de fureur qui la pousse à ne plus rien respecter. Dans le village, où la plupart des hommes ont été emprisonnés, faute de patriotes à rosser et d'habitants à humilier, on s'en prend maintenant aux femmes et aux enfants.

C'est ainsi qu'à la sortie du village, Désiré assiste à un spectacle particulièrement révoltant. Une demi-douzaine de soudards cherchent à entrer de force dans une demeure cossue. Ils tambourinent à la porte et brisent des vitres. Effrayée, une femme leur ouvre. Son mari s'est enfui la laissant seule avec ses petits. L'une des brutes, la trogne empourprée par l'alcool, la saisit par la taille et la pousse à l'intérieur. La malheureuse se débat et le martèle de coups de poing. L'homme rit et l'entraîne de force. Des cris et des sanglots d'enfants retentissent à l'étage. Quelques minutes plus tard, la femme est jetée dans la rue, la poitrine dénudée jusqu'à la taille, sa robe déchirée. Ses enfants sortent la rejoindre. La malheureuse réclame au moins une couverture. Ses bourreaux la chassent avec une telle violence qu'elle tombe à la renverse dans la neige. Une de ses fillettes, un chaton dans les bras, se précipite et essaie de la relever.

Désiré a honte. Honte pour ces monstres. Honte aussi de ne pouvoir aider ces pauvres gens sans courir le risque de se trahir.

Le soir tombe, et le ciel est rouge. S'il ne veut pas mourir gelé au creux d'un fossé, il va devoir trouver un abri sûr avant la noirceur. Il emprunte un peu au hasard un sentier de traverse qui le mène sur les pentes d'une colline où il trouve ce qu'il cherchait : une cabane à sucre abandonnée.

En dedans, il y a du bois sec, une truie* et un châlit* grossier. Il allume une attisée et se confectionne un lit de sapinage. Il va pouvoir enfin se reposer un peu et réfléchir aux moyens de s'échapper de cet enfer.

Le soleil est maintenant couché, mais le ciel est toujours aussi rouge. Désiré, qui a trouvé une tasse rouillée et quelques feuilles de thé, sort sur le seuil de la cabane en sirotant son infusion. Ce qu'il voit lui serre le cœur. En bas, au fond du vallon, Saint-Benoît n'est plus qu'un chaudron ardent. Le village entier est en feu.

Le front brûlant de fièvre, Désiré s'est à peine assoupi quand un craquement de branches cassées le réveille en sursaut. Il tend l'oreille. Quelqu'un rôdaille autour de la sucrerie. Un maraudeur ou un ours... Instinctivement, il veut prendre son fusil. Il y a longtemps qu'il n'en a plus. À tâtons, il cherche alors une arme quelconque et empoigne un vieux tisonnier de fer. Il se lève doucement en prenant soin de ne pas faire craquer les lattes du plancher. L'intrus est sur la galerie. Il joue avec la clenche de la porte. Éclairée par les lueurs de l'incendie qui fait rage dans la vallée, la silhouette de l'inconnu se découpe, agrandie par l'ombre menaçante qu'elle projette sur le sol. Désiré retient sa respiration.

— *Is there someone here? Get out*[47]!

Le type a dû voir la fumée sortir de la cheminée. Désiré ne bronche pas. Une masse noire se dessine devant lui. Il soulève la lourde tige de métal au-dessus de sa tête et en sabre de toutes ses forces le crâne de l'intrus, qui s'effondre sans un cri.

Désiré ouvre le rond du poêle et y allume un reste de bougie, qu'il insère dans un vieux fanal de tôle. Le corps étendu à terre est celui d'un carabinier volontaire. Sans doute un déserteur retournant chez lui avec son butin. Désiré fouille le havresac de sa victime. Il en retire effectivement des montres en or, des portefeuilles, des pièces, un coffret à bijoux et un croûton de pain, que le rouquin s'empresse de dévorer à belles dents. L'homme n'a pas de fusil mais un pistolet. Désiré s'en empare et le glisse dans sa ceinture. Une flaque de sang s'élargit sur le sol.

L'ai-je tué? se demande Désiré. Il se penche. Le soldat respire encore. C'est un tout

_____

[47] « Il y a quelqu'un ici ? Sortez ! »

jeune garçon. Autour de dix-huit ans. À peine plus vieux que lui. *Peut-être a-t-il une fiancée, une famille…* Pour un peu, le jeune Canadien aurait presque pitié du mourant. Mais il se ressaisit vite en se disant : *C'est le même maudit Anglais qui tantôt, s'il en avait eu la chance, m'aurait sans doute explosé la cervelle pour me voler mon linge et me faire les poches !*

Désiré reste alors un long moment debout à contempler cet étranger qui se vide de son sang et qui va inévitablement mourir. Et, au fond de lui, s'éveille un sentiment nouveau. Puissant, à la fois jubilatoire et culpabilisant. Un sentiment auquel il hésite à donner un nom avant de se laisser submerger par sa violence : LA HAINE !

Désiré erre de nouveau sur les routes. Plus ou moins perdu. Ne sachant vers où orienter ses pas. Il y a des patrouilles dans tous les rangs et des bandes armées dans toutes les montées menant à Saint-Hermas, à Sainte-Scholastique, à Belle-Rivière et à Saint-Augustin.

Sale, la barbe longue, il est si pitoyable que, lorsque par hasard, il tombe sur un poste de garde, on le prend pour un quêteux et on le laisse aller sans lui adresser la parole. Il continue donc de marcher, appliquant de la gomme de sapin sur sa plaie infectée ou la lavant avec de l'écorce d'épinette rouge bouillie quand elle le fait trop souffrir.

À vrai dire, Désiré, qui n'a plus les idées très claires, ne sait pas pourquoi, depuis deux jours, il s'obstine à mettre un pied devant l'autre. Pas plus qu'il ne saurait expliquer comment ses pas l'ont mené sur ce chemin du Grand-Chicot à seulement quelques arpents de Saint-Eustache. C'est-à-dire à l'endroit exact qu'il devait fuir à tout prix. Par quel tour du destin cela a-t-il pu se produire ? Et dès lors, à quoi bon continuer ?

Alors, comme vidé de toute énergie, Désiré s'arrête et se tient là, immobile, au beau milieu de la route poudrée de neige fraîche.

Dans un concert de grelots, une carriole approche, tirée par un rapide coursier, crinière au vent. Désiré ne bouge pas. Le conducteur lui crie de s'écarter. Il reste en plein centre des deux ornières de glace qui emprisonnent les lisses du traîneau et rendent impossible toute manœuvre d'évitement. Le cocher tire désespérément sur les rênes. Le cheval essaie de freiner sa course et glisse au risque de se casser les pattes ou de recevoir le poids de la voiture dans l'arrière-train. Enfin, le traîneau s'immobilise.

Furieux, le fouet à la main, le propriétaire du véhicule hurle :

— Vous êtes fou ! Vous voulez vous faire tuer ?

Désiré le regarde, hébété.

L'homme, qui porte une longue pelisse et une toque de fourrure noire, paraît à son tour étonné.

— C'est toi, Désiré ? Mais, pour l'amour de Dieu, que fais-tu ici ?

Le jeune apprenti au bord de l'évanouissement a un court moment de lucidité.

— Je... Je m'excuse monsieur le curé.

Tout tourne dans sa tête. Il chancelle.

Le prêtre descend de sa carriole pour l'aider. Il doit presque le porter dans sa voiture où il l'installe de son mieux, masse inerte dont la tête ballotte en marmonnant des phrases sans suite :

— Rouges, mon père !... Rouges !

— Mais tu es blessé ! s'exclame Jacques Paquin.

Désiré n'entend pas. Il délire et, derrière ses paupières fermées déferle un flot d'images remplies de flammes, de sang et d'uniformes écarlates. Et, halluciné, il se met à répéter, les yeux grands ouverts cette fois :

— Les nuits sont rouges !

Lentement, Désiré reprend conscience. Il est couché dans un lit sous un édredon de plumes. La pièce embaume la cire. Une horloge sur pied émet un tic-tac rassurant. Désiré veut se redresser. La douleur le foudroie.

— Ne bougez pas, le docteur l'a ordonné. Vous m'entendez?

Une main douce se pose sur son front brûlant.

Désiré ouvre des yeux étonnés.

— Mademoiselle Jeanne!

— Restez tranquille. Tenez, buvez! C'est du sirop de laudanum. Ça vous soulagera.

— Où suis-je?

— À la ferme du Domaine. Mon oncle vous a trouvé à moitié mort de froid sur le chemin et vous a ramené ici. Un médecin de Montréal est venu. Il a dit qu'il a réussi à extraire la balle que vous aviez dans l'aine. C'est un miracle que la gangrène ne vous ait pas tué.

Désiré tente à nouveau de s'asseoir.

— Je ne peux pas rester ici.

— Que faites-vous? Soyez raisonnable! Recouchez-vous immédiatement!

— Où est monsieur le curé?

— Il a dû se rendre à Saint-Martin chez le curé Mercier. Il sera de retour demain.

Rassurez-vous. Vous ne craignez rien chez lui.

Désiré se laisse retomber.

Jeanne se penche sur lui pour le reborder et replacer ses oreillers. Son visage est tout près, et il sent une de ses boucles de cheveux lui caresser la joue. Il murmure :

— Je suis heureux que vous soyez là…

— Moi aussi. Il faut que vous dormiez…

Elle se lève pour souffler la lampe à huile. Il l'implore.

— Restez !… Restez encore un peu.

Elle sourit et revient s'asseoir dans la bergère près du lit.

Quand elle s'approche pour lui essuyer le visage, il lui saisit la main. Elle essaie de se libérer sans brusquerie, puis cesse de résister, acceptant de se laisser caresser le bras et de mêler ses doigts aux siens.

Un silence complice s'installe entre eux, rendant les mots inutiles.

Le battement de l'horloge semble se faire entendre plus fort. La petite flamme de la lampe vacille. Jeanne libère doucement sa main et quitte son fauteuil afin de remonter la mèche, qui charbonne trop le verre. Elle revient s'installer au chevet de Désiré et, comme si c'était le geste le plus naturel du monde, elle glisse de nouveau sa main dans la sienne.

Combien de jours se sont écoulés ? Désiré n'en a aucune idée. Sa fièvre est tombée. Il se sent bien, et, quand il ferme les yeux, la même image se forme dans son esprit. Celle de Jeanne à son chevet. Jeanne si belle, si douce… Jeanne qui sourit et dont le visage s'éclaire lorsqu'il lui chuchote le moindre mot. Jeanne aux côtés de qui il peut rester des heures sans parler comme si d'invisibles liens s'étaient établis entre eux.

Minuit sonne à l'horloge.

Tout à coup, des éclats de voix le tirent de sa rêverie. Des pas précipités résonnent dans l'escalier.

Jeanne se lève.

— Je reviens. Ne bougez pas.

Dès qu'elle a refermé la porte, une vive discussion éclate dans le corridor.

— Narcisse, que faites-vous ici à cette heure ?

— Et vous, pourquoi n'êtes-vous pas couchée ? Avec qui parliez-vous ?

— Avec personne.

— Vous mentez ! Jeanne, ouvrez cette porte !

— Il n'en est pas question, et je vous prierai de cesser de me parler sur ce ton.

Sans compter que vous salissez mon tapis avec vos bottes !

— Vous ne cacheriez tout de même pas un rebelle ! Vous ne feriez pas une folie pareille ! Allons, écartez-vous et ouvrez. Sinon, j'ordonne à mes hommes qui sont en bas de faire sauter la serrure.

— Narcisse, vous n'oseriez pas…

— J'ai des ordres.

— Moi aussi.

— De la part de qui ?

— De mon oncle. Il sera très fâché quand il sera mis au courant de la façon dont vous vous êtes comporté dans sa maison.

À l'intérieur de la chambre, l'oreille collée sur la porte, son pistolet chargé à la main, Désiré ne perd pas un mot de cet échange.

Désiré n'entend plus ce que se disent Jeanne et Narcisse. Dans le couloir, la conversation se poursuit à voix basse, ponctuée parfois d'éclats courroucés.

Désiré enfile péniblement son manteau court et se dirige vers la fenêtre. Il y a effectivement dehors un escadron de cavaliers. Ils ont mis pied à terre et battent la semelle en buvant des tasses d'un liquide chaud que leur verse une domestique en bonnet de nuit.

Désiré ouvre l'espagnolette* et met le pied sur le toit de la galerie qui entoure la maison. Il a de la difficulté à se tenir en équilibre sur

110

les tôles de fer blanc couvertes de glace. À peine a-t-il lâché le rebord de la fenêtre qu'il glisse sur le dos et se retrouve dix pieds plus bas dans le banc de neige accumulé à la porte de la cuisine d'été. Il se relève. Cherche son pistolet. Il l'a perdu dans sa chute. À plat ventre, il rampe dans la neige jusqu'à un tas de bois et de là jusqu'à la porte de l'écurie, dont un des vantaux* claque au vent. Il se glisse à l'intérieur et, avant de grimper l'échelle qui mène au fenil, il s'assure que personne ne l'a suivi.

À la fenêtre de la chambre qu'il vient de quitter se tient son ennemi, qui scrute l'obscurité, une lampe à la main. Il crie un ordre bref. Deux cavaliers remontent en selle et disparaissent dans la nuit, happés par les tourbillons de neige.

Enfoui dans le foin, Désiré retient son souffle. À mesure qu'il s'habitue à l'obscurité et au bruit du vent mêlé aux craquements de la charpente, il découvre que les lieux ne sont pas aussi vides qu'il le pensait.

Un froissement dans la paille. Des renâclements. Aucun doute possible : il y a un cheval dans le box juste en dessous de lui. Il est tout aussi évident que la bête a également remarqué la présence humaine, car ses coups de sabots contre les cloisons se font plus violents, et ses ébrouements, plus nerveux. Pour

111

quelle raison s'agite-elle ainsi ? Devrait-il descendre la calmer ? Peut-être pourrait-il l'enfourcher et, profitant de la surprise, s'enfuir au triple galop ?

Il essaie de voir l'animal par une fente entre deux planches. Le cheval pousse un long hennissement désespéré. C'est un beau cheval canadien noir. Une jument à longue crinière.

Désiré s'écrie :

— Princesse !

Le cheval tend son museau vers le plafond comme s'il avait compris qui l'appelait par son nom.

Au même moment, les portes de l'écurie s'ouvrent avec fracas. Narcisse surgit, une lanterne au poing. Deux volontaires le suivent.

— Fouillez, partout !

Les deux hommes commencent à retourner la paille du pied et plantent la lame de leur sabre dans les balles de foin.

— Il ne peut pas être loin. Il est blessé.

Narcisse vient d'entrer dans la stalle de Princesse, mais celle-ci se cabre avec une telle violence qu'il doit reculer.

— Qu'est-ce qu'elle a encore, cette sale carne ? Déjà qu'elle a failli me désarçonner une *couple* de fois en venant ici ! Alors, vous avez trouvé quelque chose ?

Une réponse parvient du fond du bâtiment.

— Rien de ce bord-ci !

Soudain, l'autre volontaire pousse un cri :

— Là, il y a des taches de sang à terre, regardez !...

Quelques heures plus tard, ramené à Saint-Eustache, à moitié gelé, les poignets gonflés par la corde trop serrée qui le reliait au cheval auquel il était attaché, Désiré Bourbonnais est poussé dans un hangar de pierre transformé en prison où s'entassent pêle-mêle des dizaines de prisonniers[48], eux aussi à demi morts de froid.

Avant que la lourde porte de fer ne se referme en grinçant, Désiré aperçoit Narcisse, qui serre la main du capitaine Globenski.

Quelqu'un crie dans le noir :

— Pour l'amour, donnez-nous au moins de quoi nous *abrier*. On crève de *fret* !

Le capitaine ironise :

— Rassurez-vous, vous ne gèlerez pas longtemps. On est déjà en train de tresser

---

[48] Il y eut environ 112 prisonniers rassemblés à Saint-Eustache.

les cordes pour vous pendre et de fondre les balles pour vous fusiller demain matin. Pas vrai, mon Narcisse?

Narcisse Cheval éclate de rire.

V

Prison du Pied-du-Courant, hiver 1837, printemps 1838

Parti à l'aube, cornemuse en tête et volontaires loyalistes en serre-file*, le long cortège des prisonniers, après avoir franchi le pont Porteous[49] et traversé l'île Jésus, entre à Montréal. Tout le long du parcours, les gens, tantôt hostiles, tantôt silencieux, se sont déplacés pour les voir.

Enchaînés deux par deux, ils sont une centaine à marcher, tête baissée, les jeunes soutenant les plus vieux. Certains ont les pieds gelés. D'autres tiennent à peine debout, et,

---

[49] L'île Jésus (aujourd'hui Laval) était reliée à la rive nord par le pont Porteous à la hauteur de Sainte-Rose et à Montréal par le pont Lachapelle.

régulièrement, les soldats qui les escortent les malmènent en les frappant à coups de crosse dans le dos.

Dans plusieurs quartiers, la foule, sur les trottoirs, reste silencieuse. Des hommes ôtent leur chapeau. Des religieuses se signent. Parfois une femme se précipite en pleurant pour toucher son père, son frère ou son époux... Aussitôt un soldat la repousse. Ailleurs, ce sont des gamins qui suivent le cortège et font des grimaces aux cavaliers, surtout à ceux des régiments de volontaires des Deux-Montagnes qui ferment la marche, montés sur de gros chevaux de labour volés dans les fermes.

— Les chevaux à Papineau! Les chevaux à Papineau! crient les enfants en ramassant du crottin et en le jetant aux loyalistes anglais.

Au centre-ville, à mesure que la longue chaîne des prisonniers approche de la prison, il y a encore plus de monde, et la populace est carrément agressive. Mais Désiré n'entend pas les huées des marchands anglais ni les cris de haine des fanatiques qui hurlent :

— *Death to the traitors! Shoot them! Hang them*[50]*!*

Il ne sent pas non plus les pierres qu'on lui lance ni les œufs pourris ni les trognons de

---

[50] « Mort aux traîtres ! Fusillez-les ! Pendez-les ! »

pommes, les *grignes** et les mottes de boue. Il n'a de pensée que pour Jeanne. Elle doit se faire du mauvais sang. A-t-elle vu comment on l'a traîné dans la neige au bout d'une corde ? Et Narcisse, que lui a-t-il dit ? L'a-t-il menacée ? En a-t-il profité pour resserrer son emprise sur elle en exerçant quelque odieux chantage ?

Désiré se retourne. Il sait que son rival n'est pas loin, qu'il a tenu à se joindre au convoi pour parader sur son beau cheval.

La colonne des prisonniers vient de s'arrêter. Devant elle se dresse la sinistre façade grise de la prison du Pied-du-Courant avec ses trois étages de cellules et son bâtiment central dominé par un fronton triangulaire. Aux portes de l'établissement se presse une foule encore plus compacte que dans les rues. Au sein de celle-ci se trouvent des parents qui essaient, malgré les cordons de soldats, d'entrevoir un des leurs pour lui faire signe ou lui glisser dans les poches un peu d'argent. Le brouhaha est infernal. Des coups de feu sont tirés en l'air.

Comme les autres, mu par un espoir insensé, Désiré cherche parmi tous ces visages celui de l'être cher. Il sait pourtant que Jeanne ne peut être là, mais lui aussi crie son nom à pleins poumons.

Et puis, tout à coup, au moment même où les portes s'ouvrent et où les détenus se remettent en marche, une tête blonde coiffée d'une *capine** parvient à s'extirper une seconde de la cohue et crie d'une voix brisée :

— Désiré, je t'aime !

L'apprenti a eu à peine le temps de voir celle qu'il n'espérait plus. Il tente en vain de résister à ceux qui le poussent. Il hausse le cou pour retrouver Jeanne dans la foule. En vain. Elle a disparu au milieu du flot humain.

Tout s'est déroulé si vite que Désiré a l'impression d'avoir rêvé. *Jeanne m'aime ! Jeanne m'aime ! Elle me l'a dit. Elle l'a crié à la face du monde. C'est tout ce qui compte ! Ils peuvent me fouetter, m'insulter, me torturer. Ils ne m'auront pas ! Jeanne m'aime !*

Dans la cour, un soldat lui ôte les fers qui le menottaient et lui entravaient les chevilles. On lui désigne ensuite les deux autres prisonniers auxquels il doit se joindre et qui occuperont la même cellule que lui, au premier étage de l'aile ouest de la prison.

Tout à ses pensées, Désiré obéit sans rechigner.

Cependant, au pied de l'escalier, une pénible rencontre l'attend.

Narcisse est là dans son plus bel uniforme des Saint-Eustache Volunteers. Il est en grande discussion avec un fonctionnaire bouffi de graisse.

118

— Qui est-ce ? murmure un des prisonniers.

— François Roch de Saint-Ours, le shérif de Montréal et directeur de la nouvelle prison, répond un autre des patriotes emprisonnés.

— Et l'autre ?…

C'est Désiré qui répond cette fois.

— Narcisse Cheval, un *chouayen* de par chez nous… Un vendu et un voleur de chevaux.

Désiré commence à monter les marches espérant passer inaperçu. Son vieil ennemi semble ne pas l'avoir remarqué, mais, au dernier instant, il le rattrape par le bras.

— Non, tu descends au sous-sol[51] ! Cette fois, c'est bien fini pour toi. J'ai parlé à mon ami, M. de Saint-Ours. Tu ne sortiras d'ici que dans une boîte de sapin.

Désiré se dégage d'un geste brusque.

Trois tours de clé. La lourde porte de la cellule se referme en grinçant. C'est une sorte

---

[51] Les cellules du sous-sol étaient réservées aux condamnés à mort.

de cave voûtée de huit pieds sur cinq, qui suinte d'humidité et ne reçoit qu'un mince filet de lumière d'une petite fenêtre en demi-lune doublée d'une vitre sale et protégée par de solides barreaux. Pas de lit. Pas de couverture. Pas de latrines. Pas de poêle. Un sol en terre battue.

Désiré fait la connaissance des deux détenus qui partagent sa geôle. Le premier, Joseph Robillard, est un maçon illettré dénoncé par son voisin. Le second, Paul Brazeau, est un brave cultivateur de Saint-Benoît dont la maison a été incendiée. Arrêté pour avoir aidé le notaire Girouard à s'enfuir, il s'inquiète continuellement du sort de sa mère et de sa sœur.

Le porte-clés* ouvre le guichet et tend aux prisonniers un pain et un cruchon d'eau d'un gallon.

Désiré s'empare de la miche et la partage en trois parts égales. Elle est si dur que le fermier bougonne :

— Si je nourrissais mes cochons avec une nourriture pareille, y'en a pas un qui passerait l'hiver !

Quelques minutes plus tard, la porte de fer s'ouvre de nouveau dans un grand fracas de serrures et de verrous tirés. Un nouveau pensionnaire est projeté à l'intérieur avec une telle violence que le malheureux s'affale de tout son long.

Paul s'objecte.

— Pas un autre! On est déjà trois!

Le geôlier, tout en verrouillant la porte, demande à travers le grillage du guichet:

— Vous avez de l'argent?

Personne ne donnant suite à sa question, il met vite fin à toute discussion.

— Quatre par cellule, c'est le règlement. Vous vous serrerez, ça vous tiendra chaud! Et ne vous plaignez pas. J'en ai plus de cent de *cordés* en haut dans la chapelle.

Pendant ce temps, le nouvel arrivant réussit à se relever et à trouver un coin où s'asseoir. Il vient d'être transféré du premier étage aux cachots du sous-sol et commence d'un air narquois:

— Pour moi, vous autres, vous êtes nouveaux à l'hôtel de Sa Majesté? Pas vrai?

L'habitant et le maçon acquiescent. Désiré, lui, réagit aussitôt en serrant l'inconnu dans ses bras. Cette voix moqueuse et cette odeur mêlée de tanin et de vieux cuir, ce ne peut être que lui.

— Augustin! Eh bien, tu parles d'une surprise. Je te croyais mort.

— Ça alors! s'exclame à son tour le tanneur. Désiré Bourbonnais! Tu t'es fait pincer, toi aussi!

— Oui, la bande à Cheval…

— Moi, j'avais presque réussi à me faire oublier. Après l'affaire de l'église, j'avais jeté mon fusil dans la rivière et j'étais rentré chez moi tranquillement. Bien au chaud, j'avais les pieds sur la bavette du poêle quand les soldats m'ont mis le grappin dessus à cause d'un détail idiot…

Augustin s'interrompt sciemment dans l'attente d'une question qui ne vient pas. Un peu déçu, il poursuit donc son récit :

— Tu ne me croiras pas… à cause de mes cheveux, qui étaient tout roussis par le feu !

Et il éclate de rire.

Incarcéré depuis plusieurs semaines, Augustin s'empresse de mettre au courant ses compagnons des us et coutumes de la prison.

— C'est simple, leur explique-t-il. En dedans c'est comme en dehors. Si tu as de l'argent, tu peux avoir tout ce que tu veux ou presque. La première semaine, j'avais quelques *piastres* cachées dans ma ceinture. J'ai logé dans une chambre du deuxième avec un fils de cabaretier. On payait un écu par semaine et on mangeait à la table du geôlier en chef. T'étais comme à l'auberge : rôtis, lard, bonne soupe et thé chaud. Une vieille domestique noire pour laver ton linge et raccommoder tes culottes. À côté, il y avait un notaire qui passait son temps à crayonner des portraits et un journaliste qui jouait de la flûte. Ça chantait. Ça jouait aux cartes. Ça enfumait tout le *ward*[52] à force de fumer pipe sur pipe.

— La belle vie quoi…

— Tu parles. Et puis ils recevaient un paquet de monde : des avocats, des chargés d'affaires. Plein de gros bonnets avec qui ils jasaient en anglais. Il y en a même un qui a pu faire venir sa femme en cachette et a trouvé le moyen de lui faire un troisième bébé. Ouais, je te le jure. Ces gens-là sont pas de notre monde. En plus, ça se plaint sans arrêt. Ça n'arrête pas. Affidavits, protêts, confessions, requêtes en *habeas corpus**, comme ils disent, demande pour recevoir librement du courrier, supplique pour avoir droit à une promenade quotidienne dans la cour. Tous les jours, ils envoyaient des pétitions à l'Ours.

— L'ours ?

— Oui, c'est le surnom du directeur. Lui, c'est le valet du diable en personne. Plus royaliste que le roi. Il baiserait le derrière de la

---

[52] Aile d'un bâtiment, quartier des condamnés.

reine Victoria si on le lui demandait. Un cireur de bottes aussi qui cherche toujours d'où souffle le vent et ménage les biens nantis pour mieux écraser les sans-nom comme toi et moi. S'il te convoque ou s'il vient t'interroger en compagnie d'un procureur, boucle-la et surtout ne signe rien! D'ailleurs, ne fais confiance à personne. Méfie-toi même de ceux qui se diront tes amis, parce que, d'un bord comme de l'autre, ils veulent tous que tu leur signes des papiers. Et après, c'est toi qui es dans le pétrin.

Est-ce la nuit? Est-ce le jour? Couché sur le sol au milieu de ses trois compagnons d'infortune ou pelotonné dans son coin, Désiré a peu à peu perdu la notion du temps. Il vit désormais au rythme monotone de la prison. Un univers de bruits de pas dans les corridors et de cliquetis de clés. Un monde glacial et étouffant, rempli de rumeurs et réduit à des dimensions si étroites que le moindre événement brisant la routine prend aussitôt une importance dramatique. Un rat a mordu un prisonnier. Le vieux François Renaud souffre de rhumatismes inflammatoires, et le docteur de la prison, Arnoldi, l'a si bien soigné qu'il a reçu, ce matin, les derniers sacrements.

Des sœurs en cornettes sont venues distribuer de la soupe. L'odeur des toilettes empeste toute l'aile. Les *chantepleures** ne fonctionnent plus depuis vingt-quatre heures, et les prisonniers doivent se résigner à boire les eaux usées ayant servi au nettoyage, en attendant que la pompe du puits soit réparée.

Parfois un vent de folie souffle sur le pénitencier tout entier. Le boulanger est un voleur, et les rations d'une livre et demie de pain n'ont pas le poids réglementaire. On chahute, on pétitionne une fois de plus. On obtient que les miches soient pesées. On prouve qu'on a raison et qu'il leur manque six onces. On triomphe à la grande humiliation de l'Ours, qui se venge en faisant courir le bruit qu'un complot se trame. Selon ses dires, des visiteurs ont fait entrer de la poudre en cachette, et les détenus fabriquent un canon miniature pour abattre les murs et s'évader. Grand remue-ménage. Les soldats fouillent les cellules. Ils retournent les paillasses, éventrent les coffres et les valises, confisquent canifs, ciseaux, casseroles et ont ordre de tirer sur tout prisonnier qui veut ouvrir les fenêtres. Le shérif tient sa revanche. Il n'a pas trouvé un objet suspect, mais deux. Victoire qui, hélas pour lui, tourne au désastre en provoquant l'hilarité de la prison au complet, car ces ébauches de bouches à feu, preuves de l'insurrection imminente, se révèlent des objets dérisoires. La première est un inoffensif jouet d'enfant de trois pouces bricolé avec un bout de tuyau. La seconde, après un examen minutieux, se révèle n'être qu'une seringue destinée à asperger d'eau bouillante les coquerelles et les punaises.

Par contre, d'autres matins, les nouvelles ramènent un silence pesant qui réveille en chacun la peur soigneusement occultée de la mort. Un journal de Montréal a écrit qu'on devrait pendre à la porte des églises cinq ou six de *ces chiens de rebelles* à titre d'exemple. Une autre gazette en rajoute et demande pourquoi on engraisserait ces trois cents prisonniers tout au long de l'hiver alors qu'il serait si simple de les envoyer tout de suite à la potence.

Dans le cas de Désiré, le danger a pris les traits d'un officier de la Couronne, un ridicule rond-de-cuir du nom de McGillis, qui, depuis un mois, lui rend visite régulièrement avec ses montagnes de dossiers et l'interroge en prenant un air bon enfant pour mieux dissimuler ses perfides intentions. Aujourd'hui, il a installé son bureau dans la cellule et, tout en taillant sa plume d'oie, il s'enquiert de la manière dont les prisonniers sont traités.

Augustin, qui se gratte sans arrêt, peste :

— On est envahis par la vermine. Les poux surtout. Et on n'a rien à manger.

L'officier griffonne quelques notes, puis plaisante en se trémoussant sur sa chaise :

— Eh bien, comme vous n'avez rien à faire, amusez-vous à attraper vos bestioles et… mangez-les !

Furieux, Augustin se jette sur le fonctionnaire, et Désiré doit le retenir avant qu'il ne l'étrangle.

Pris de peur, le petit homme remballe en vitesse sa paperasse et frappe la porte de ses poings en hurlant :

— Ouvrez ! Geôlier, ouvrez !

Le porte-clés se précipite, escorté de deux soldats, fusil à la main. Il fait reculer tout le monde et invite l'enquêteur à sortir sous bonne garde. Celui-ci, livide, recule, son porte-documents sous le bras et, juste avant de disparaître, il pointe l'index sur Augustin et Désiré.

— Vous deux, inutile d'attendre les résultats de votre procès. La Cour martiale vous a déjà jugés *in abstentia*[53]. Coupables ! Crime de haute trahison !

La porte claque. Abasourdi, Désiré se laisse glisser le long du mur de briques et tombe assis. La sentence est révélée de façon si inopinée qu'il a l'impression d'avoir reçu un

---

[53] Sans la présence de l'accusé.

coup de marteau sur le crâne. À moins d'un miracle, la haute trahison signifie la mort par pendaison.

À dix-huit ans, à peine sorti de l'adolescence, Désiré n'avait jamais vraiment songé à la mort. Solide et en bonne santé, il n'y avait rien d'autre qu'une menace lointaine qu'il chassait aisément de son esprit. Il lui est d'autant plus difficile maintenant d'en accepter l'inéluctable échéance et d'en supporter à l'avance la vision terrifiante. Il a encore tant de choses à vivre ! Et parmi tous les regrets qui bourdonnent dans sa tête, le plus insupportable est de ne plus revoir Jeanne.

Agité par cet intense effort de réflexion, Désiré arpente la cellule de long en large depuis des heures. Augustin, plus fataliste que lui, tente de le calmer.

— J'ai parlé à l'aumônier. Il a peut être raison. C'était la volonté de Dieu.

Désiré se fige et se met à penser tout haut.

— Il doit bien y avoir un moyen de s'en sortir.

— T'évader ? s'exclame Augutin. Tu n'y penses pas sérieusement ? Tu es complètement fou…

— Fou? Oui, c'est ça! As-tu déjà entendu dire qu'un fou ait été pendu?

— Quoi? Tu veux te faire passer pour fou!

— Pourquoi pas?

— Mais pour réussir un tour de même, il faut être un sacré bon comédien! Tu pourras pas jouer les bouffons à longueur de journée. Comment tu vas te retenir de rire? Et si, par malheur, tu sonnes faux une seconde, tu es cuit. Vraiment, c'est ton idée de passer pour fou qui est une vraie folie!

Pensif, Désiré semble réfléchir aux objections d'Augustin quand, tout à coup, il pousse un cri de mort, s'effondre à la renverse et se contorsionne sur le sol, la bave à la bouche.

— Qu'est-ce qu'il a? panique Joseph pendant que Paul essaie de le maîtriser.

— C'est le *haut-mal**! Gardien! Gardien! Ouvrez! hurle Augustin en heurtant la porte avec un tabouret. Mettez-lui une cuillère de bois entre les dents pour qu'il n'avale pas sa langue. J'ai un cousin qui faisait des attaques de même... Gardien! Appelez le docteur pour l'amour du bon Dieu!

Le gardien déverrouille la porte. Il voit Désiré, qui se tord sur le sol. Le médecin n'est pas là. Il court ouvrir un autre cachot et en ramène un détenu à moitié endormi, le Dr Nelson, qui examine le malade.

129

— Ça ressemble à une crise d'épilepsie. Frottez-lui le visage avec de l'eau salée et attendez que ça se passe. Faites juste attention qu'il ne se blesse pas.

Désiré est encore secoué de spasmes violents, mais il n'a plus les yeux révulsés, et sa respiration est plus régulière. Augustin lui passe sur le visage un linge humide.

L'alarme est passée. Le gardien est retourné à son poste.

Soudain, les traits de Désiré se décontractent. Ses membres se détendent. Il saisit le poignet d'Augustin en souriant.

— Arrête pour l'amour. Ça me cuit comme si un chat s'amusait à me griffer la face !

Augustin pousse un juron sonore.

— Sacrement ! Dis-moi pas que tu faisais semblant ! On y a tous cru. Pas vrai, hein, les gars ?

Joseph et Paul approuvent.

— Ouais, il est bon *en cristi*. Son affaire pourrait marcher à condition d'en parler à personne…

Désiré consulte du regard ses trois compagnons.

— Vous tiendrez votre langue ?
— C'est juré !

Désiré Bourbonnais a perdu la raison!
Cette nouvelle stupéfiante court d'un étage
à l'autre dans les deux ailes du Pied-du-Courant.

Maintenant, il est trop tard pour reculer.
Le jeune apprenti forgeron doit jouer le jeu
jusqu'au bout. Cela tombe bien, car, ce matin,
comme tous les dimanches, le père Blanchet,
curé de Saint-Charles, vient faire ses lectures
pieuses dans le couloir et confesser ceux qui
se sentent l'âme trop lourde de péchés.

Une à une, les portes des cellules s'ouvrent,
et le corridor séparant les deux rangées de cellules se remplit de prisonniers qui en profitent,
le temps d'une messe, pour se taper dans le
dos et se serrer chaleureusement la main.

Désiré entre alors en scène.

Il fend les rangs et se dandine en imitant
la voix nasillarde de M. de Saint-Ours. On
s'écarte devant lui. Il feint l'exaspération.

— Tassez-vous! Laissez passer le gouverneur! Tassez-vous! Gibiers de potence!

Croyant avoir affaire à un plaisantin qui
singe le directeur, certains prisonniers éclatent de rire. Mais ils trouvent la plaisanterie
moins drôle lorsque Désiré, changeant brusquement de rôle, fonce sur eux en hennissant
comme un cheval.

Accouru sur les lieux, le véritable directeur,
tout en sueur, s'informe auprès de ses gardes-
chiourme*:

— Que se passe-t-il ? Qu'attendez-vous pour arrêter ce fauteur de troubles ?

Désiré lui laisse à peine le temps de reprendre son souffle. Il lui saute à la gorge et le soulève au bout de ses bras comme s'il pesait une plume. Il le secoue comme un prunier en hurlant :

— Au voleur ! Au voleur ! C'est toi qui m'as volé ma Princesse ! Avoue, coquin !

— Au secours ! crie l'Ours à la demi-douzaine de soldats venus en renfort. J'étouffe !

Pendant que Désiré continue de rudoyer le gouverneur de la prison, Augustin en profite pour jeter de l'huile sur le feu.

— Il faut l'arrêter ! Il va le tuer ! Il ne sent plus sa force !

Finalement, on maîtrise le «forcené» et on le transporte par les bras et les jambes jusqu'à sa cellule. On le dépose sur la terre battue. Il fait semblant de se calmer, mais, dès qu'on le relâche, il simule un autre accès de démence et en profite pour distribuer coups de pied et coups de poing aux gardiens. On tente à nouveau de le ceinturer et de lui faire avaler une tasse de saumure. Il envoie valser le récipient.

— Il m'a cassé le nez ! pleurniche un soldat.

— Ça brûle ! J'ai tout pris dans les yeux ! se plaint un autre.

Augustin en rajoute.

— N'approchez pas. Il griffe et il mord. Une vraie bête sauvage !

Ligoté et maintenu par quatre poignes solides, Désiré roule des yeux furieux et, pour donner le change, il tombe à intervalles réguliers dans une sorte d'état tétanique qui se manifeste par des spasmes de tous les muscles de son corps.

Le docteur Arnoldi vient l'examiner. Il lui tâte le pouls, lui examine les pupilles. Il sort en hochant la tête, perplexe. Deux minutes plus tard, il est de retour avec une chopine remplie d'un liquide noirâtre. Désiré affecte de boire docilement la potion. Seulement, dès que le médecin lui tourne le dos, il vide le médicament dans ses bottes.

Au grand étonnement du médicastre*, qui consulte sa montre, Désiré est toujours aussi agité. Le docteur Arnoldi se retourne vers Saint-Ours.

— Il est vraiment d'une résistance extra-ordinaire. Le calmant que je viens de lui faire ingurgiter assommerait un bœuf.

Or, à peine cette phrase malheureuse est-elle lâchée que voilà de nouveau Désiré transformé en bête féroce. Le médecin de la prison, redingote déchirée, bat en retraite sous une grêle de gifles.

— À moi! À l'assassin! Pour l'amour de Dieu, retenez-le. Il est complètement fou!

Dans les semaines qui suivent, Désiré poursuit son manège en mettant soigneusement en scène différents genres de délire pour continuer d'attirer l'attention. Un jour, il s'installe dans les latrines et fait semblant d'y pêcher à la ligne pendant des heures, affectant de ne pas entendre les rires des prisonniers qui visitent les lieux et ne manquent pas de lui demander si ça mord. Un autre jour, le voici qui dit la messe et asperge tout le monde avec une lavette en annonçant la venue imminente de l'Antéchrist et de la Bête-à-sept-têtes. Un autre jour encore, le voilà jouant les hommes d'affaires, distribuant des bouts de papier comme s'il s'agissait de billets de dix dollars et vendant à l'encan ses culottes au grand plaisir des autres détenus, qui les lui achètent, pour rire, à un prix mirobolant.

Chaque jour, il lui faut ainsi rivaliser d'imagination, car le petit monde de la prison s'habitue vite à ses frasques et facéties, y trouvant même un certain agrément surtout lorsqu'elles se font sur le dos des geôliers, du directeur et des magistrats-instructeurs, que Désiré traite de voleurs, de scélérats, de vendus, de fainéants et de *lèche-bottes*.

Après s'être attiré la sympathie de tous, il entreprend donc, au contraire, de se rendre insupportable, afin qu'on envisage de se débarrasser de lui en le chassant hors des murs de la prison.

Il commence par mener du tapage pendant des nuits entières, puis il se prétend possédé du Diable. On lui fait respirer des sels. Il part en courant, renverse le poêle au bout du couloir, s'empare du tisonnier, et, tout couvert de suie, se bat contre un ennemi invisible pendant que ses compagnons tentent de le maîtriser et d'éteindre, à grand renfort de baquets d'eau, le début d'incendie.

Le médecin l'examine à nouveau. Deux juges sont saisis de son cas. Il redouble d'excentricités au point où Augustin, Paul et Joseph finissent par penser qu'il a réellement perdu la raison ou est possédé par quelque force démoniaque.

Excédé, le directeur, à la veille de Noël, appelle un prêtre à la rescousse. Désiré le reçoit dans sa cellule d'isolement et le force à s'asseoir sur ses genoux comme s'il était un enfant. Il lui chante d'abord des comptines, puis se fâche et menace de lui donner la fessée.

L'homme de Dieu tranche :

— Cet homme n'est pas possédé. Il a juste une araignée dans le plafond !

Après en avoir longuement délibéré, le directeur et les administrateurs en viennent à ramener le problème à une seule question : comment se débarrasser de ce trublion ? Les juges chargés d'instruire la cause des Patriotes en concluent que la meilleure solution, avant que les journaux ne s'emparent de l'affaire, est encore de libérer discrètement cet hurluberlu, cause permanente de désordre et de scandale.

Désiré jubile. Son plan fonctionne mieux qu'il ne l'avait espéré. Il sait aussi qu'il doit maintenant être plus que jamais sur ses gardes. Le moindre faux pas pourrait le trahir au dernier moment.

— Désiré Bourbonnais, par décision de la Cour, vous êtes libre. Veuillez me suivre s'il vous plaît !

L'Ours rempoche le document officiel qu'il vient de lire et attend.

Désiré a bien entendu. Une bouffée de joie se répand en lui comme une véritable montée de sève qui lui donne envie de crier, de danser, d'embrasser tout le monde. Mais il ne bronche pas. Il continue de laper silencieusement son écuelle vide et de se régaler d'une bonne soupe invisible en poussant des grognements de satisfaction.

— Vous avez entendu! Vous êtes libre!

Surtout ne pas bouger, se répète Désiré. *Ne rien laisser paraître. C'est peut-être un piège…*

Le gouverneur s'impatiente. Les autres détenus qui ont, eux aussi, entendu la déclaration manifestent leur contentement par un tintamarre infernal en cognant, contre les portes de leur cachot, toutes sortes d'ustensiles métalliques.

L'Ours, à bout de nerfs, s'adresse aux deux porte-clés qui l'accompagnent:

— Sortez-le-moi de gré ou de force!

Désiré résiste. Il s'accroche à tout ce qui lui tombe sous la main, poignées de porte, chambranles, rampes d'escalier. À un moment donné, il parvient même à se libérer et court se réfugier dans son ancienne cellule.

Il proteste:

— Je ne veux pas quitter le service de la Reine! Laissez-moi!

Il ne faut pas moins de cinq hommes pour le forcer à quitter l'étage.

— Quel diable d'homme! soupire monsieur de Saint-Ours en suivant le cortège des gardiens qui transportent son encombrant pensionnaire comme une poche de patates.

Les voici dans la cour. Désiré regimbe encore. Il se débat, supplie qu'on le garde, s'accroche aux genoux du directeur, se met en boule pour empêcher qu'on se saisisse de lui.

On lui propose de l'argent. Il jette celui-ci au vent. On lui tend une bouteille de caribou pour célébrer son départ. Il en vide la moitié d'un trait en prenant soin de laisser couler à côté une grande partie du liquide.

La supercherie fonctionne à merveille. Feignant d'être complètement ivre, il se relève en titubant. Il bafouille des phrases sans suite, cherche à embrasser les gardes, qui en profitent pour le conduire jusqu'au grand portail.

Saint-Ours fait signe au guichetier, qui ouvre la grille. Il glisse un papier dans la poche de Désiré puis le pousse dehors en prenant soin de refermer la grille au plus vite.

— Voilà, tu as ta lettre de pardon : *asteure sacre ton camp*!

Désiré, toujours soucieux de bien jouer son rôle jusqu'au bout, s'accroche aux barreaux et pleure à chaudes larmes.

— Ouvrez! Par pitié! J'ai une grande nouvelle à annoncer. Nous sommes frères. Le Messie du Canada est en route pour nous réconcilier tous.

L'Ours lève les yeux au ciel et, sans se retourner, retraverse la cour avec ses employés.

Désiré se retient de ne pas pouffer de rire. *Je suis libre. LIBRE! C'est pas Dieu possible!*

138

Un dernier doute l'assaille. Si, derrière les fenêtres, là-bas, quelqu'un l'espionnait! Ce serait trop bête…

Alors Désiré ôte ses bottes, les suspend à son cou et s'en va pieds nus dans la neige, par les rues désertes, en chantant à tue-tête.

VI

Saint-Eustache,
été-automne 1838

Les premiers jours, sans argent, sans vêtements chauds pour supporter le frimas d'un printemps tardif, Désiré en est réduit à mendier aux portes des églises et à dormir dans les asiles de nuit. Un pauvre parmi les pauvres ne se remarque guère. Sans en avoir l'air, tout en avalant son bol de soupe servi par les religieuses, il s'informe de la situation politique.

Le vent souffle du côté de la clémence envers les vaincus et de l'exaspération à l'égard des loyalistes qui continuent à écumer les campagnes. On dit que la Loi martiale va bientôt être abolie[54], que les miliciens vont

_____
[54] Le 27 avril 1838.

être renvoyés chez eux, et qu'une amnistie générale sera bientôt proclamée. Sauf pour quelques meneurs, qui seront condamnés à l'exil[55]. Mgr Lartigue a même protesté auprès de sir Colborne pour que cesse ce climat de terreur[56]. Enfin, on parle d'un noble lord anglais[57] qui doit arriver en mai pour rétablir la paix.

C'est ainsi que Désiré a appris que, depuis février, les soldats ont quitté la région des Deux-Montagnes, et que le curé Paquin est retourné au village de Saint-Eustache, où ont été dépêchés deux magistrats de Montréal afin de mener enquête et d'accorder, s'il y a lieu, réparation aux honnêtes citoyens spoliés par les délateurs et la racaille qui auraient profité des troubles pour se livrer au brigandage.

Malgré tout, Désiré s'interroge encore. Est-il prudent de rentrer ?

---

[55] Huit patriotes seront effectivement exilés aux Bermudes après avoir plaidé coupables. Les principaux chefs en fuite, parmi lesquels Papineau, Ludger Duvernay, l'abbé Chartier et George-Étienne Cartier, sont aussi frappés d'interdiction de retour au Canada jusqu'à indication contraire.

[56] Au moment de l'insurrection, il avait pourtant publié une lettre pastorale condamnant les Patriotes et rappelant «qu'il n'est jamais permis de transgresser des lois ou de se révolter contre l'autorité légitime sous laquelle on a le bonheur de vivre» (le 25 juillet 1837).

[57] Lord Durham.

— Merci l'ami !

— Ce n'est rien, mon gars. Prends garde à toi ! répond l'habitant qui a pris Désiré dans son *cabrouet** au pont Lachapelle et vient de le laisser devant les ruines de l'église de Saint-Eustache, entourée d'échafaudages au sommet desquels s'affairent maçons et charpentiers.

Désiré pose son sac à terre. La barbe longue, amaigri sous ses guenilles, personne ne lui prête guère attention. Il jette un œil sur le presbytère. La toiture a été refaite, et, même si les murs sont encore noircis par l'incendie, il y a des rideaux de dentelle aux fenêtres.

Jeanne est peut-être là… Si proche et si lointaine à la fois. Aller frapper serait pure folie. Il fouille dans ses poches. Il lui reste quelques sous. De quoi se payer une assiette de fricassée à l'auberge.

Il s'assoit à une table qui a vue sur la maison du curé.

Soudain une calèche, tirée par un petit cheval noir, s'arrête en face, et il en descend un bourgeois vêtu d'une riche pelisse et coiffé d'un casque de martre. Il reconnaît immédiatement l'homme et la bête.

Narcisse frappe à l'entrée avec le manche de son fouet. On lui ouvre… Une silhouette

143

féminine apparaît dans l'entrebâillement de la porte. Désiré frémit. *Ce pourri rôde donc toujours dans les parages. Qu'est-ce qu'il veut ? Pourvu qu'il se tienne loin de Jeanne ! Il a peut-être affaire au curé ?*

Une heure plus tard, Désiré est toujours attablé à la même place, les yeux rivés sur la porte du presbytère. Dans la salle enfumée, plusieurs habitants occupés à boire ou à discuter ont remarqué sa présence. L'un d'eux sort et crache dans le crachoir en passant près de lui. Un autre, qui jouait aux dames, chuchote quelque chose à son partenaire et à ceux qui, debout derrière lui, suivent le jeu. Il finit la partie en déplaçant rapidement les pions, puis se dirige vers la table de Désiré, la main tendue.

— Monsieur Bourbonnais, je suis heureux de serrer la main d'un vrai patriote !

Désiré, redoutant quelque traquenard, hésite avant de répondre au geste de son admirateur.

— Vous devez faire erreur…

— Non, non… s'enthousiasme le cultivateur, la gazette a parlé de vous. Elle a publié votre portrait et raconté votre histoire[58]…

---

[58] L'évasion de Désiré par le moyen de la folie simulée est inspirée de celle de Félix Poutré, qui devint extrêmement populaire et fit l'objet d'une publication à grand succès : *Échappé de la potence, souvenirs d'un prisonnier d'État.*

— Ah bon !

— Vous avez dû endurer bien des souffrances… N'importe qui à votre place aurait perdu la carte…

Désiré saisit l'allusion, mais, préférant ne pas fournir d'explications sur son état de santé, il se remet à manger, espérant ainsi écourter la conversation.

L'autre, rongé par la curiosité, insiste :

— Comme ça, ils vous ont libéré ?…

Désiré reste méfiant. Partisan sincère ou espion à la botte des Anglais ?

Sans laisser transparaître la moindre émotion, il tâte sa poche de sa main gauche, tout en avalant une bouchée de viande.

— Oui, j'ai reçu ma lettre de pardon, signée du gouverneur en personne.

— Et qu'allez-vous faire maintenant ?

— Retourner chez mon patron, à la forge. La dernière fois qu'on s'est vus, je lui ai dit que je serais de retour avant midi. Ça fait cinq mois depuis. Il doit être pas mal *en fusil* contre moi.

L'habitant éclate de rire. L'aubergiste, les joueurs de dames et les quelques ivrognes accoudés au comptoir aussi.

Désiré se lève.

— Au r'voir la compagnie !

En voyant Désiré entrer dans sa boutique, Tancrède Chauvin pousse un juron.

— Ah bien, *torvisse*, regardez-moi ça : un revenant ! Comment tu vas ?

— Bien, *boss*. Est-ce que vous avez encore besoin d'une bonne paire de bras ? Je cherche de l'ouvrage.

Le forgeron, tout en continuant à courber un fer rouge sur la bigorne* et à faire sonner l'enclume, invite le nouveau venu à enfiler le tablier de cuir qui pend au mur près de l'âtre.

— De la *job*, mon gars, c'est pas ça qui manque. Tu as vu le village ? Que des cendres. Les gens n'ont plus rien. On leur a tout volé. Alors, j'essaie de récupérer le moindre bout de ferraille pour leur fabriquer des socs de charrue ou des fers d'herminette*. Tiens, j'ai justement une commande du curé qui presse : un baril de clous et des esses* pour son chantier.

Désiré se met au travail, et les gestes du métier lui reviennent naturellement. Empoigner le fer incandescent avec les tenailles, le battre sur l'enclume, le replonger dans la braise, activer le soufflet. Il éprouve même un vrai plaisir à fatiguer chacun de ses muscles jusqu'à en avoir mal à hurler. Comme si la violence de l'exercice libérait en lui une grande rage refoulée qui pouvait enfin s'exprimer librement. Colère contre Narcisse, contre les

Anglais, contre le gouvernement, contre lui-même pour tous les sévices qu'il a subis et toutes ces humiliations auxquelles il a dû consentir pour avoir la vie sauve.

Tancrède, qui s'est assis sur sa *chienne** pour allumer sa pipe, observe son ancien apprenti du coin de l'œil.

— T'as pas perdu la main. C'est bien… Mais t'es pas forcé de te *désâmer** pour m'impressionner. Je sais que t'as du *mossel**.

Désiré s'arrête pour vider un gobelet d'eau.

— Contez-moi donc ce qu'il y a de nouveau dans la paroisse !

Le forgeron le fixe un long moment en tirant de longues bouffées de son *brûle-gueule**.

— T'es toujours du bon bord au moins ? Je sais que t'as le cœur à la bonne place et que tu t'es battu comme un brave. Seulement, des fois, la prison change un homme… Au jour d'aujourd'hui, faut faire attention à ce qu'on dit. Moi, j'ai pas été arrêté à cause de mon âge et parce qu'ils avaient besoin de moi pour s'occuper des chevaux.

— Craignez rien, patron. Je suis toujours un bon Canadien. Ils m'ont relâché parce que je leur ai joué une belle comédie en leur faisant *accroire* que j'étais fou. Pour le reste, même si j'ai été embarqué là-dedans un peu malgré moi, y a pas mal de jocrisses* à qui je ferais payer avec plaisir les saletés qu'ils nous ont faites.

Tancrède secoue sa tête blanche.

— Je suis bien content, et, crois-moi, t'es pas le seul à penser de même.

— Comment ça ?

— Attends à demain soir. Il y aura une réunion dans la boutique. Rien que des bons *Canayens* comme toi. En attendant, t'en dis mot à *parsonne*. Compris ?

Désiré reprend le lourd frappe-devant* qu'il avait posé sur le sol et demande tout à coup sur le ton de la simple curiosité.

— Au fait, avez-vous des nouvelles du curé Paquin ?

Le forgeron crache à terre un jet de salive brunâtre.

— Celui-là, il peut bien s'étouffer avec ses hosties. Il regrette, paraît-il. Maintenant, il écrit au « Vieux Brûlot »[59] et à ses évêques pour obtenir de l'aide. Sa paroisse est pleine de veuves et d'orphelins qui crèvent de froid, et il mendie en chaire pour soutirer au pauvre monde le peu d'argent qui leur reste pour reconstruire sa maudite église…

— Et sa nièce, Mlle Jeanne ?

— Elle, on la voit jamais. On dit qu'elle était en amour avec un gars qui a été arrêté.

---

[59] Surnom donné à Colborne.

Apparence que le Narcisse, à qui elle était promise, l'a pas pris. Il la surveille. S'il pouvait l'enfermer jusqu'au mariage dans le coffre-fort de la fabrique*, il le ferait.

— Et c'est pour quand ce mariage ?

— À l'automne, d'après ce qu'on dit. Tu sais, Narcisse, c'est devenu un sacré bon parti. Il a *fait le moton** avec tout ce qu'il a volé et il a pas mal déboursé pour les travaux du curé. Ce qui arrange bien ses affaires… Mais, dis-moi pourquoi tu t'intéresses tant à cette *créature* ?

— Pour rien, patron. Juste pour parler.

Tancrède esquisse un sourire.

Minuit. Habillés de *capots* sombres et coiffés de hauts-de-forme et de tuques enfoncés jusqu'aux yeux, trois individus viennent d'entrer sans bruit dans la forge. Craignant qu'il s'agisse de miliciens à la solde de Globenski, Désiré a d'abord la réaction de monter au grenier se cacher. Mais quand ceux-ci s'avancent vers maître Tancrède pour lui serrer la main et échanger avec lui des signes curieux, il comprend qu'il se trouve sans doute en présence de membres de la fameuse confrérie secrète dont son patron lui a vaguement parlé. Selon Tancrède Chauvin, les patriotes qui composent cette armée de l'ombre s'appelleraient les « frères chasseurs » et ils seraient deux cent mille membres au Canada et aux États-Unis prêts à se soulever tous en même temps dès que serait proclamée la république du Québec. On avait un chef : le vaillant Robert Nelson. On avait de l'argent : au moins vingt mille dollars collectés rien qu'à Montréal, et, cette fois, on aurait des armes. Car, de l'autre côté de la frontière, on pouvait compter sur la sympathie de nombreux Américain, influents qui se dévouaient pour convaincre le président Martin Van Buren d'appuyer le nouveau soulèvement et d'ouvrir ses arsenaux. Tancrède est catégorique. Le prochain soulèvement ne peut échouer.

Cette fois l'affaire semble sérieuse, se dit Désiré en se joignant au groupe.

Après de longs conciliabules, les trois conspirateurs lui font signe.

— Suis-nous.

Une charrette les attend. Désiré y grimpe en compagnie de Tancrède. On lui bande les yeux.

— Où allons-nous ?

— C'est un secret.

Au bout d'une heure, la charrette s'immobilise. On l'aide à monter un escalier étroit. On lui ôte enfin son bandeau. Il est dans une sorte de salon dont les meubles ont été recouverts de draps noirs et les murs tendus de rideaux de la même couleur. Deux chandeliers allumés sont posés sur le tapis, et un officiant flanqué de deux assistants cagoulés se tient au fond de la pièce.

— Chasseur ?

— Vendredi ! répond un des initiés ayant accompagné Désiré, en saluant le maître de cérémonie, qui se présente lui-même comme le *castor*[60] local.

Ça doit être une sorte de mot de passe, pense Désiré, à qui l'on ordonne de s'agenouiller. Tout à coup on lui pointe un pistolet sous le nez et on le menace d'un poignard. Le *castor* s'adresse à lui en donnant à sa voix un ton sépulcral :

— Si tu veux être des nôtres, tu dois prêter serment. Répète après moi : «Je, Désiré Bourbonnais, de mon consentement et en présence du Dieu tout-puissant, jure d'observer les signes et mystères secrets de la société dite des *chasseurs*…»

Désiré s'exécute et jure de respecter tout ce qu'on lui demande : d'obéir aux règles de

---

[60] L'association comprenait des grades et des degrés. Le plus bas était celui de *chasseur*, c'est-à-dire simple soldat. Un groupe de neuf chasseurs formait une escouade dirigée par une *raquette* avec le grade de caporal. Venait ensuite le *castor* ou capitaine, qui commandait une compagnie, et le *grand aigle*, qui assurait la fonction de commandant en chef.

la confrérie, d'aider ses frères et d'être prêt à se sacrifier pour eux, en promettant, sans restrictions, «d'avoir ses propriétés détruites et le cou coupé jusqu'à l'os» s'il faillit à ses devoirs.

On lui dit alors qu'il peut se relever. Tancrède le serre dans ses bras. Les autres lui donnent des poignées de main et des tapes amicales. Le castor à son tour vient lui donner l'accolade et ôte la cagoule qui lui dissimulait le visage.

Désiré ne peut s'empêcher de pousser un cri de surprise mêlé de déception.

— Hippolyte! Hippolyte Laflamme!

Embarrassé, le clerc de notaire relâche son étreinte.

Sur le chemin qui le ramène à la forge, Désiré est assailli par le doute. Il a beau être désormais convaincu que combattre aux côtés des Patriotes est une juste et noble cause, il ne peut s'empêcher de trouver que la mascarade à laquelle il vient de se plier est un peu insignifiante sinon franchement ridicule. Sans compter que, si tous les meneurs du nouveau mouvement ont le courage qu'Hippolyte a déjà manifesté face à l'ennemi, l'issue de la lutte est plus qu'incertaine.

— Bonsoir, chasseur !

— Bonne nuit, frère !

La cérémonie d'initiation terminée, un à un, les conspirateurs s'en retournent chez eux. Comme on lui a de nouveau bandé les yeux, Désiré n'a aucune idée de l'identité de ses nouveaux compagnons d'armes, à l'exception de Tancrède et d'Hippolyte.

La charrette brinquebalante dans laquelle il a pris place s'ébranle. Parfois, un bruit ou une odeur lui permettent de deviner l'itinéraire emprunté. *On doit traverser le pont couvert de la rivière du Chêne ou on ne doit pas être loin du moulin…*

— On est à la maison. J'suis mort de fatigue. À soir, j'aurai besoin de *parsonne* pour me bercer, soupire Tancrède. Tu peux enlever ton bandeau.

— Moi, répond Désiré, je monterai pas tout de suite. Il fait bien doux dehors. J'ai besoin de respirer un peu. Vous en faites pas, patron. Allez-y. Je *barrerai* les portes et je soufflerai les lampes.

C'est une magnifique nuit d'été remplie du chant des grillons. Une de ces nuits où la voûte céleste est illuminée par un nombre si prodigieux d'étoiles qu'on a l'impression d'entrevoir l'infini.

Désiré fait le tour des bâtiments. Il entre dans l'écurie. Les harnais de son cheval sont encore suspendus au mur. Il a beau se dire qu'en ces temps troublés, il devrait considérer le vol de Princesse comme un événement de bien peu d'importance, il n'en ressent pas moins un vif ressentiment. Tout cela est de la faute de Narcisse. Sans ce *chouayen* de malheur, il ne se serait pas engagé dans cette lutte dont les enjeux lui paraissent si difficiles à comprendre. Il aurait continué à travailler à la forge, aurait eu la chance de faire sa cour auprès de la nièce du curé et, peut-être, de la marier. Alors que, maintenant, il lui semble avoir bien peu de chances d'obtenir sa main...

Désiré, qui n'est pas allé à l'école très longtemps, aimerait bien, lui aussi, comme les politiciens, pouvoir justifier ses actes en invoquant la défense de la patrie, l'amour de la liberté ou le droit des peuples à disposer d'eux-mêmes. Mais, pour lui, tous ces grands mots sonnent creux.

Non, se dit-il, au fond, si on est honnête, il ne faut pas chercher trop loin ce qui pousse un homme à prendre les armes : un lopin de terre à sauver, une maison et des marmots à protéger, le besoin de changer d'air ou d'échapper à une vie misérable. Moi, c'était mon cheval et une femme. Et pourquoi pas ? Pourquoi ne se battrait-on pas pour l'amour d'une femme et d'un cheval ? Pourquoi faudrait-il toujours, comme les bourgeois, se justifier à l'aide de grands discours ? Moi, au moins, mon ennemi a un visage, et je sais ce que je veux : forcer ce traître et ce lâche de Narcisse à me restituer mon cheval, et ôter de ses griffes, la femme que j'aime.

Bref, pour Désiré, tout se résume à ce simple syllogisme sans faille : Narcisse est l'ami des Anglais, lui est l'ennemi de Narcisse, donc les Anglais sont aussi ses ennemis.

En sortant de l'écurie, le rouquin reste encore un moment dehors à regarder les étoiles. Il s'apprête à monter se coucher quand il remarque, au bout du rang, la lueur dansante d'un fanal accroché à une voiture. Qui cela peut-il bien être ? L'attelage s'arrête à une centaine de pieds de la forge, et la lanterne s'éteint. Est-ce un voyageur égaré ? Un sbire au service de Narcisse et de ses acolytes venu l'épier ?

Désiré saisit la hache plantée dans le billot qui sert à fendre les bûches à l'entrée du hangar à bois. Il marche jusqu'au véhicule suspect. Celui-ci ne bouge pas. À la clarté de la lune, il découvre avec surprise qu'il s'agit du boghei* du curé. Désiré s'étonne : *Ce n'est pourtant pas l'habitude de monsieur Paquin de se comporter ainsi.*

Il glisse la tête sous la capote pliante.

— C'est vous, monsieur le curé? Êtes-vous *mal pris*?

C'est une voix de femme qui lui murmure:

— C'est moi...

— Jeanne! Seigneur Dieu! Que faites-vous ici en pleine nuit?

— Il fallait que je vous voie. Mon oncle est à Montréal. J'en ai profité.

Désiré lui tend la main pour l'aider à descendre.

— Venez, ne restez pas là, on pourrait vous voir. Je vais dételer votre cheval et le conduire à l'écurie.

Enveloppée dans son manteau d'alpaga, Jeanne trouve refuge sur la galerie de la cuisine d'été, au-dessus de laquelle se trouve le logis du jeune forgeron. Désiré la rejoint. Elle se jette dans ses bras en se haussant sur la pointe des pieds pour chercher sa bouche. Elle se serre contre lui. Elle rit et pleure à la fois.

— Tous ces longs mois sans nouvelles de toi... Pourquoi n'as-tu pas répondu à mes lettres?

Désiré a beau lui expliquer qu'il n'a reçu en prison aucun courrier et que, de toute manière, il lui était impossible d'écrire, elle ne l'écoute pas. Elle ôte sa capine et libère ses cheveux. Il sent ses doigts qui se crispent dans son dos, ses reins qui se cambrent. Elle a déjà ouvert son manteau.

— Ne restons pas là, vous allez prendre froid.

Il la soulève dans ses bras et monte l'escalier extérieur qui mène à sa chambre.

La pièce est chaude, et le poêle de fonte ronronne. Désiré hésite un moment, puis il dépose Jeanne en travers du lit. Elle s'y allonge, les yeux fermés. Lui reste debout cherchant ses mots avec une gaucherie touchante :

— Je ne voudrais pas…

Elle se redresse et lui pose son index sur les lèvres. Elle fait glisser sa robe de droguet* sur ses hanches…

— Ne dis rien ! Viens…

Le jour filtre à travers les carreaux sales de la petite chambre au-dessus de la grange. Un coq salue l'aube de son cri triomphant.

Désiré se retourne sur sa paillasse et remonte la courtepointe, qui a glissé au pied du lit. Le corps chaud de Jeanne se colle contre lui. Ses cheveux blonds, étalés sur le traversin, lui font une couronne d'or. Il la regarde dormir, caressant du regard chaque courbe de ce corps lisse qui s'abandonne encore voluptueusement au sommeil. A-t-elle conscience de cet examen plein de tendresse ? Toujours est-il qu'elle ouvre les paupières et referme son bras sur lui pour l'empêcher de se lever.

— Reste encore un peu…, soupire-t-elle.

Désiré attrape la montre de gousset qu'il a l'habitude de déposer chaque soir sur une chaise de babiche à la tête du lit.

Il chuchote à l'oreille de Jeanne.

— Mon patron se lève tôt… et il y a bien du monde qui se ramasse de bonne heure à la boutique. Je ne voudrais pas…

— Tu as peur pour ma réputation ?

— Les gens sont si méchants…

Elle pince les lèvres et devient soudainement très sérieuse :

— Je me moque de ce que les âmes bien pensantes de la paroisse peuvent dire de moi. Qu'on m'accuse d'avoir fauté. Qu'on me traite de dévergondée et de fille perdue. Je m'en moque et même je m'en réjouis. Au moins « il » cessera de tourner autour de moi et renoncera à vouloir me passer l'anneau au doigt.

Désiré comprend qu'elle parle de Narcisse. Il l'enlace tendrement. Elle a les yeux remplis de larmes. Il l'embrasse. Elle répond à son baiser avec une fougue presque désespérée.

C'est donc ça, pense Désiré, elle s'est donnée à moi pour rendre les choses irréparables. Elle risque, pour moi, respectabilité, confort, sécurité...

Il la serre dans ses bras, puis se lève tout en enfilant sa chemise.

— Je t'aime. Si tu savais comme je t'aime, répète-t-il sans s'apercevoir que, pour la première fois, il vient de la tutoyer.

Cet aveu semble la rassurer. Elle retrouve sa gaieté et, sans pudeur, saute du lit, flambant nue, pour aller se recoiffer devant le vieux miroir piqué fixé au-dessus du lave-main qui complète le mobilier de la chambre.

Désiré, qui a commencé à se raser, s'écarte légèrement, le blaireau à la main, pour lui céder la place. Elle achève de nouer son chignon puis, tout à coup, elle se glisse devant lui et le force à interrompre sa toilette.

— Partons! Sauvons-nous aux États-Unis. Loin d'ici. J'ai une vieille tante au Vermont. Elle nous aidera.

Désiré reste silencieux. Pour se donner une contenance, il ouvre son rasoir et commence à se racler le menton.

— Je ne peux pas, laisse-t-il tomber d'une voix blanche. En tout cas, pas tout de suite.

— Pourquoi? s'écrie Jeanne, bouleversée.

— De graves événements se préparent et... j'ai prêté serment. Je ne peux rien te dire. Pardonne-moi...

Elle bondit, en s'écriant sur le ton du désespoir.

— Tu fréquentes encore ces illuminés ! Tu veux donc mourir ! Au premier signe de *troubles*, ils t'arrêteront, et cette fois tu auras beau essayer de les tromper, ils te pendront. Oublie ces folies, je t'en supplie...

Désiré la prend par les épaules et la regarde droit dans les yeux.

— Cette fois, ce sera différent. Nous réussirons.

Elle se bouche les deux oreilles avec les mains.

Il veut la retenir. Elle s'habille en pleurant.

Revoir Jeanne. La revoir à tout prix. Tenter de lui faire comprendre. Trouver les mots justes. Les mots qui lui diraient : « Si tu m'aimais autant que je t'aime, tu ne voudrais pas que je trahisse ma parole. Que vaudrait l'amour d'un homme qui ne se respecte plus lui-même ? »

Aujourd'hui dimanche. Le curé Paquin doit dire sa première messe dans son église en partie rebâtie. Elle sera peut-être là… Il faut qu'elle soit là, car le temps presse. Un messager est venu hier soir, porteur de la nouvelle : le grand jour est pour bientôt. Fourbissez* vos fusils, a-t-il dit. Fondez le plus de balles possible. Amassez des provisions et munissez-vous de vêtements chauds pour la campagne qui se prépare.

Désiré, qui n'a pas remis les pieds dans l'église depuis les tragiques événements de l'année précédente, est arrivé pour le premier service, dès six heures du matin, afin d'être bien certain de ne pas manquer Jeanne.

La fière construction s'est remise de ses blessures bien que sa façade porte encore la trace des boulets anglais qui l'ont mutilée. Les femmes, têtes voilées, entrent vite en tenant leurs enfants par la main. Les hommes, eux, s'attardent sur le perron. Certains en profitent pour s'esquiver ou pour aller prendre un petit verre de blanc à la taverne. La discussion est animée. Certains arborent fièrement bonnets bleus et *capots* d'habitant. D'autres, des loyaux plus vindicatifs que jamais, sont venus avec des cannes à pommeau, prêts à la bagarre. Et ça sacre et ça s'engueule en se pointant du doigt et en se montrant le poing. La place est si encombrée que les bogheis, les calèches, les phaétons* et les *cabrouets* se fraient difficilement un passage.

Des coups de fouet claquent. Des roues s'accrochent. Les chevaux s'affolent, ajoutant à la confusion.

Désiré fend la foule. Serre quelques mains. Affecte de ne pas entendre les insinuations injurieuses. Soudain, une élégante voiture surgit derrière lui à une telle vitesse qu'il doit bondir de côté pour ne pas être écrasé. Elle passe si près qu'il ne voit du cheval que son œil fou et sa bouche écumante. Quant au sauvage qui conduit, cravache levée, à ce train d'enfer, au risque de crever sa bête, il s'agit évidemment de Narcisse. Narcisse, en redingote et ganté de blanc, comme s'il allait à la noce. Narcisse plus arrogant que jamais. Toujours aussi sûr d'avoir choisi le «bon bord». Celui du pouvoir et de l'argent vite gagné.

Comme par enchantement, les deux clans, qui se disputaient devant l'église, se sont écartés, paraissant avoir compris d'instinct à quoi va mener fatalement la rencontre de ces deux coqs qui non seulement se disputent la même femme, mais incarnent, chacun à sa manière, les deux factions politiques qui déchirent la paroisse.

— Tu n'as pas honte de frapper cet animal ! Regarde dans quel état tu l'as mis.

Narcisse toise son rival d'un regard méprisant.

— De quoi tu te mêles, toi ?

— Du cheval que tu m'as volé!

— Ce cheval est une prise de guerre. Il est maintenant à moi.

— Et moi, je te répète que t'es qu'un sale profiteur à la botte des Anglais.

Rouge de colère, Narcisse saute de son boghei et se jette sur Désiré.

— Je n'ai pas de leçon à recevoir d'un gibier de potence comme toi... Et gare, si je te vois encore rôdailler autour de ma fiancée!

Cette fois, c'est Désiré qui s'empourpre.

— Ta fiancée? Tu veux rire! Quelle *créature* voudrait d'un verrat de ton genre? Quant à mademoiselle Jeanne, c'est moi qui te défends de l'approcher!

— Cause toujours *beau merle*, les bans seront publiés dans quinze jours, et la belle sera mienne...

À peine Narcisse a-t-il fini sa phrase qu'il bascule en arrière, le nez en sang et la bouche fendue par le formidable direct que Désiré lui décoche.

Le fermier se relève, aidé par quelques-uns des spectateurs, qui maintenant font cercle autour des pugilistes et les encouragent à hauts cris.

— Vas-y, mon Narcisse, rosse-le propre-ment!

— *Envoye*, Désiré, *pète*-lui la gueule, à cet *écœurant*-là!

Narcisse est de nouveau sur pied, et des mains amies le poussent dans l'arène pour qu'il reprenne le combat. Le traître fonce, tête baissée et agrippe le rouquin par la taille, mais ce dernier se libère sans difficulté et le soulève dans les airs tel un vulgaire sac de farine avant de le laisser retomber lourdement sur le pavé.

Cette fois, étalé sur le dos, Narcisse ne réagit plus.

— Il l'a tué, c'est certain !

— Pas étonnant, il paraît qu'il était *pas tenable* en prison.

Il faut dire que rien ne semble pouvoir arrêter la fureur du jeune forgeron, que trois hommes parviennent à peine à retenir pendant que les partisans de Narcisse emportent leur champion inconscient.

Désiré se calme enfin. Un homme s'approche. C'est Hippolyte, qui lui murmure à l'oreille :

— Frère, tu ferais mieux de filer avant que les *habits rouges* ne viennent t'arrêter. Les Anglais ont laissé une garnison d'une trentaine de soldats, et je parie qu'ils sont déjà prévenus.

Désiré se laisse entraîner pendant que ses propres partisans ferment la marche.

— Mais Jeanne… Il faut absolument que je voie Jeanne !

Hippolyte s'étonne.

— Comment? Tu n'es pas au courant! Jeanne Paquin est à Montréal. Son oncle et elle sont fâchés, y paraît. Il l'a confiée aux religieuses.

Désiré sent la terre se dérober sous ses pas.

VII

Odelltown,
le 9 novembre 1838

L'ordre tant attendu a enfin été délivré par un émissaire à cheval passé en coup de vent. L'insurrection générale est prévue pour le 3 novembre. À la faveur de la nuit, grand rassemblement à Beauharnois et au camp Baker, neuf milles au nord de la rivière Chateauguay. Sur la rive sud, Sorel et Chambly seront attaquées simultanément, et les Bureaucrates, désarmés. Les patriotes de Saint-Eustache, eux, barreront la route aux renforts ennemis susceptibles d'être dépêchés du Haut-Canada. Les frères chasseurs de Terrebonne et de Lachenaie aideront à prendre Montréal, pendant qu'à Québec, ceux du faubourg Saint-Roch forceront la garnison à s'enfermer dans la citadelle. À partir de là, le succès de l'entreprise est assuré. On ne doute pas que, emportées par le mouvement, les troupes régulières se soulèveront en attendant que l'immense armée de réfugiés canadiens et de volontaires américains, levée par Nelson, franchisse la frontière et balaie le reste de la province.

Pour sa part, Désiré, sachant très bien qu'il risque d'être arrêté dès les premières rumeurs de soulèvement, a préféré quitter promptement Saint-Eustache pour se joindre à un détachement en route pour Saint-Constant. Les ordres sont plutôt confus, mais la troupe est enthousiaste. De là, ils doivent rejoindre la rivière-à-la-Tortue afin d'opérer leur jonction avec un corps venant des États, ce qui devrait leur permettre de s'emparer sans coup férir de Laprairie, du traversier et du terminus du chemin de fer de Saint-Jean.

Tancrède aurait bien voulu répondre lui aussi à l'appel. Hélas! Cloué par une crise de goutte*, il a dû y renoncer, mais, avant de laisser partir son apprenti, il lui a fait cadeau de l'arme qu'il avait achetée pour l'occasion. Un fusil à caps[61] dernier modèle.

---

[61] Le fusil à caps ou fusil à platine à percussion (1827) remplaça, dans les années 1830, le vieux fusil à silex. Le cap était une capsule chimique fulminante à base de chlorure de potasse qui enflammait la cartouche percutée et remplaçait la pierre. Cette arme était beaucoup plus fiable que le fusil à silex, qui avait des ratés une fois sur douze et dont la pierre devait être remplacée tous les cinquante coups.

— Je sais que t'en prendras soin, lui a-t-il dit d'une voix bourrue. Et essaie de me le ramener, cette fois. Le dernier que je t'ai passé, je l'ai jamais revu !

Parmi la trentaine de gars qui marchent à ses côtés, Désiré est le seul à posséder une arme neuve. Comme en 37, les autres sont équipés de bric et de broc : vieux mousquets à silex, fusils de chasse, canardières. Il tombe une pluie fine de novembre, qui glace le dos et pénètre le cuir des bottes et des *souliers mous**. À mesure qu'elle approche de Saint-Constant, la petite troupe grossit. Journaliers, artisans, fermiers. Visiblement, pas un n'a l'expérience du feu. Certains portent leurs provisions au bout d'un bâton et ont l'air de partir pour on ne sait quel vagabondage. Celui qui précède Désiré porte son fusil à canon double sous le bras et a emporté sa gibecière comme s'il allait chasser l'outarde.

Désiré sort sa montre. Bientôt minuit. Trempée, la brigade *piétoche* toujours dans la boue.

Soudain surgit de la nuit un messager à cheval. Ordre d'éviter Saint-Constant à tout prix. Son poste militaire est trop bien gardé.

— Alors, qu'est-ce qu'on fait ?

— Vous attendez les instructions du quartier général de Napierville.

Le cavalier disparaît à bride abattue. Les hommes se mettent à l'abri sous les arbres pour *s'allumer*. Un autre messager débouche au galop. Contre-ordre. Il faut aller porter secours aux patriotes de La Tortue. On a entendu un bruit de fusillade qui venait de là. Des loyaux retranchés dans une maison qui refusent de se rendre. La troupe se remet en marche. Un éclaireur revient, affolé. Un régiment de cavalerie fonce droit sur eux. Les frères chasseurs se dispersent dans les broussailles ou se jettent dans les fossés. Les soldats montés passent au trot sans les voir. Les hommes sont épuisés. On décide de camper à la belle étoile le long de la voie ferrée. Désiré, qui a trouvé refuge sous un ponceau, tire un quignon de pain de son havresac. Les patriotes partageant son abri ramassent des branches mortes et *battent le briquet**. Un frère chasseur, qui a sans doute rang d'officier, les houspille.

— Pas de feu ! J'ai besoin de volontaires pour déboulonner une section de rails et ôter les dormants.

Trois hommes se lèvent en maugréant. Son fusil entre les jambes, Désiré remonte le col de son *capot* et ferme les yeux.

L'aube se lève. Ciel de plomb. Vent de nordet. La pluie a cessé. On dirait qu'il va neiger. Les hommes se frictionnent les jambes et frottent leurs doigts gourds. Pendant la nuit, un bon nombre de ces soldats de fortune se sont envolés. Ceux qui restent remettent leurs armes à l'épaule et reprennent la route de Napierville. Encore des courriers qui les doublent en trombe. L'un d'eux s'arrête. Son cheval couvert d'écume est crotté jusqu'au garrot. L'envoyé extrait de la tige de sa botte un papier chiffonné qu'il lit avec difficulté. Les nouvelles ne sont pas fameuses. Les Sauvages du Sault-Saint-Louis[62], qui devaient livrer leurs armes aux insurgés, ont fait tomber ceux-ci dans un traquenard et les ont faits prisonniers. Une armée de réguliers, venue de Montréal, a franchi le fleuve. Elle n'est plus qu'à deux milles, et il est impératif de la ralentir en érigeant un barrage.

Désiré obéit. Avec ses compagnons, il arrache les piquets et les perches des clôtures, roule des pierres et entasse des souches au milieu de la route. On lui indique une maison à la fourche des deux chemins. Il y court, grimpe aux étages, choisit une fenêtre avec

---

[62] Caughnawagha.

un bon angle de visée, place un matelas pour se protéger et pointe son fusil. Les heures passent. Rien. La route reste désespérément vide. Le même courrier refait son apparition, encore plus fourbu que tantôt. Fausse alerte. Les réguliers ont pris un autre chemin. Excédé, un frère chasseur le saisit par la manche et tire dessus à le désarçonner.

— Et on va où maintenant? Bon dieu, qui donne tous ces fichus ordres?

Le messager hausse les épaules et tourne bride sans demander son reste.

Désiré a la fâcheuse impression de revivre le même mauvais rêve que l'année précédente. Impression confirmée lorsqu'il entre enfin dans Napierville, gros village à quinze milles à peine de la frontière. Huit cents hommes s'y entassent dans la plus totale indiscipline, envahissant les auberges, les magasins, le presbytère et les maisons privées. On y court à droite et à gauche. On y parade sous les ordres de deux militaires de métier venus de France, qui s'obstinent à vouloir organiser cette masse mouvante en compagnies. La même pagaille qu'à Saint-Eustache. Les mêmes discours enflammés. Cette fois, c'est Robert Nelson, Robert le Diable[63], le nouveau

---

[63] Sobriquet de Nelson en souvenir d'un héros médiéval, le duc de Normandie, remis à la mode par un opéra de Meyerbeer (1831).

président de la future république qui est honoré en grande pompe. Il vient de franchir *les lignes*[64] à bord d'une goélette chargée de deux cent cinquante fusils, d'un canon et de caisses de munitions qu'il a cachés tout près, et qu'un bataillon vient d'être chargé d'aller récupérer. Un autre docteur, le Dr Côté, est de la partie. Il a fait hier un vibrant éloge du héros qui va «arracher le pays à la tyrannie et conquérir l'indépendance du Canada[65]». Et pendant ce temps, il faut calmer l'appétit vorace de toute cette piétaille qui ronchonne et assomme ses chefs de mille questions. Quand seront livrés les fusils promis? Qui remboursera les bons signés par le gouvernement provisoire?

Désiré, qui n'a pas dormi depuis deux jours, a fini par trouver un galetas* à l'hôtel Odell. Il se couche tout habillé sans lâcher le fusil de Tancrède, de peur qu'on le lui vole. Il ne trouve pas le sommeil. Le doute l'assaille. *À nouveau, me serais-je trompé? Comme la dernière fois, tout cela va-t-il virer en fol-leries? Et Jeanne? Où est-elle? Pourquoi avoir respecté ce serment stupide et être entré dans cette société secrète? Que va-t-elle penser de moi? Pourquoi ne pas lui*

---

64 La frontière américaine.
65 À l'époque, le terme «Canada» est souvent utilisé pour désigner uniquement le Canada français.

avoir révélé la vérité? Et si Narcisse réus-
sissait à la convaincre que je ne suis qu'un
vaurien?

Sept novembre. Cet après-midi, des coups de canon ont été entendus dans le bout de Lacolle et d'Odelltown. On se bat là-bas. Désiré qui, à l'instar de centaines d'autres, attend un ordre de marche, repère à son accent un des deux officiers français que le commandant en chef a engagé pour mener l'armée patriote à la victoire. C'est un certain Charles Hindenlang, un Français d'origine suisse installé à New York, ancien lieutenant du cinquième d'infanterie et promu brigadier général[66]. Il ne décolère pas depuis son arrivée, hurlant qu'on ne fera jamais une armée avec une bande de *culs-terreux* pareille.

— La bataille est commencée? lui demande Désiré.

L'officier, les cheveux ébouriffés, le regarde dans les yeux. Le forgeron ne se laisse pas intimider. Hindenlang semble heureux de rencontrer quelqu'un qui fait preuve d'un peu de courage.

---

[66] Général de brigade.

— Oui, et c'est parti de travers. Le convoi d'armes a été attaqué au pont de Lacolle, et les poltrons qui en avaient la charge ont fui comme des lapins en abandonnant à l'ennemi la seule bouche à feu que nous avions. Mon garçon, peux-tu bien me dire ce que je suis venu faire dans ce merdier ? Et toi, mon gars, tu m'as l'air costaud. Tu t'es déjà battu ?

— Oui, monsieur. À Saint-Eustache, l'an passé.

— Eh bien, je te prends avec moi. C'est comment ton nom ?

— Désiré Bourbonnais.

Le jeudi 8, neuf heures du matin. L'ordre attendu est enfin tombé. Les combattants présents dans le village marcheront sur Lacolle et attaqueront les volontaires du colonel Marsch, qui se sont repliés sur Odelltown.

Ils étaient entre mille et mille deux cents lorsqu'ils ont quitté Napierville. Combien sont-ils ce soir à l'heure du bivouac ? Huit cents… Peut-être moins… À chaque arrêt, chaque fois que la petite armée traverse un boisé ou croise un chemin de traverse, ses rangs s'éclaircissent. Monté sur un cheval blanc, Hindenlang, pendant toute la journée, n'a pas arrêté, sabre au clair, de traquer les déserteurs et les traînards.

Maintenant que la nuit est tombée, c'est pire. La débandade.

La pluie mêlée de neige recommence à tomber. Quelques coups de feu sont échangés au pont de Lacolle, dont une partie a été détruite. L'ennemi est là, tout près, à trois milles au sud. Mais il est trop tard pour engager la bataille.

Le camp s'installe. Faute de tentes, les hommes occupent les fenils, les étables et tout ce qui a un toit.

Il est huit heures du soir. Devant le couvent où se sont installés les chefs, Désiré monte la garde en faisant les cent pas. Une religieuse lui apporte une tasse de thé chaud, qu'il vide d'un trait. Elle lui tend aussi un passe-montagne et une paire de mitaines de laine, qu'il enfile aussitôt.

— Merci, ma sœur.

La nonne lui sourit tristement.

— Vous m'avez l'air bien jeune. Je prierai pour vous.

Désiré reprend sa ronde. Tout à coup s'amène une patrouille qui malmène un prisonnier, pieds et poings liés, lequel vocifère des menaces et se débat comme un beau diable pour se libérer.

Désiré frappe à la porte du monastère. Hindenlang en chemise, les bretelles baissées sur ses pantalons, lui ouvre.

— C'est quoi encore ce bordel ? Apportez de la lumière !

Il éclaire le visage du captif et pousse un juron sonore.

— Mais bougres d'ânes ! Vous savez qui vous avez arrêté ? Le président Nelson ! Vous avez perdu la tête ! C'est comment vos noms ?

— Trudeau. Lui, c'est Nicolas. On a pincé ce citoyen-là qui se sauvait vers la frontière. On l'a fouillé. Il avait les poches remplies d'argent. Nous autres, on a cru que c'était un traître qui se poussait.

— Triples andouilles ! Libérez-le immédiatement.

Le Dr Nelson, qui n'a pas quitté son air outragé, s'époussette sous le regard incrédule de l'officier français.

— Vous n'allez tout de même pas croire que je cherchais à fuir ?

Hindenlang secoue la tête et invite tout le monde à entrer.

Désiré, le fusil à la main, n'a pas quitté son poste. Hindenlang se tourne vers lui.

— Toi, pas un mot de ce que tu viens de voir.

Le docteur essaie de se justifier de nouveau.

— Je vous jure que…

L'officier le pousse à l'intérieur et claque la porte, à travers laquelle on l'entend menacer d'une voix terrible :

— Que ce soit un malentendu ou non, demain, monsieur, je veux vous voir à la tête de vos hommes. Si vous vous dégonflez et cherchez à vous *carapater**, je vous fusillerai moi-même.

— Bande de crétins ! Ne restez pas au milieu de la route ! Vous allez être mis en miettes ! hurle Hindenlang aux patriotes de la colonne du centre qui se déploient à travers champs à droite et à gauche pour se joindre aux deux autres groupes qui convergent vers l'église d'Odelltown.

Trop tard, le boulet tiré par le canon, mis en batterie devant le temple, laboure les rangs patriotes. Il passe si près du cheval de celui qui commande le bataillon – un dénommé Médard Hébert- que le malheureux vide les étriers et tombe dans la boue pendant que sa monture épouvantée s'enfuit au grand galop.

Désiré, qui est devenu malgré lui l'aide de camp de Hindenlang, suit le Français au pas de charge. Le canon tonne à nouveau. L'officier peste.

— Et dire qu'ils nous bombardent avec notre propre canon. Celui que ces imbéciles ont laissé tomber entre leurs mains.

Ils ne sont plus maintenant qu'à quelques dizaines de verges de l'église dans laquelle l'ennemi s'est embusqué : mille volontaires bien armés encadrés par des sous-officiers anglais et quelques réguliers.

Sabre à la main, Hindenlang crie ses ordres.

— Avancez ! Avancez ! Vous n'êtes même pas encore à portée de fusil. Vous ne risquez rien. Tonnerre ! De quelle race d'homme êtes-vous ? Ne restez pas figés comme des saints de plâtre !

Désiré court le dos courbé et rejoint les tireurs qui se sont agenouillés derrière un muret. De là, il embrasse presque tout le champ de bataille. L'église protestante est une solide bâtisse de pierre qui lui rappelle celle de sa paroisse. Les volontaires qui s'y sont retranchés ne s'exposent guère que quelques secondes, le temps de décharger leurs armes aux portes et aux fenêtres. Deux artilleurs, torche à la main, viennent de sortir pour recharger la pièce et allumer la mèche. Un patriote les aperçoit. Il appuie son fusil sur le haut du muret et tire. L'homme à la torche s'effondre en travers du canon puis roule à terre.

— Joli coup ! s'écrie Désiré.

Le patriote se retourne.

— Ah bien, tu parles d'un *adon** ! Si c'est pas Bourbonnais ! Viens ! Viens, je t'ai gardé une belle place au premier rang.

— C'est toi, Augustin !

Les deux hommes se donnent l'accolade, mais n'ont guère le loisir de s'en dire plus, car l'autre canonnier, entre-temps, a réussi à repointer la pièce de fonte, et un autre boulet soulève la terre à quelques pas du mur.

Hindenlang, debout sous le feu, harangue ses troupes pour les forcer à reprendre la charge à découvert.

— Debout ! Les balles ne vous feront pas plus de mal qu'à moi !

Mais personne ne bouge, à l'exception d'une poignée de braves parmi lesquels les deux amis, qui gagnent la grange sur le flanc gauche, où d'habiles tireurs se sont retranchés pour mieux canarder les défenseurs de l'église.

Hindenlang continue de s'époumoner pour relancer l'attaque. En vain. La plupart des hommes qui l'entourent sont paralysés par la peur. Couchés dans la neige, beaucoup n'ont même pas tiré un seul coup de fusil. Ils tremblent, le visage collé au sol. Certains disent leur chapelet.

— Où est Nelson ? s'indigne Hindenlang. Il a foutu le camp, le salaud !

Voilà maintenant près de cinq heures que la fusillade se poursuit sans résultat. Près de Désiré, un patriote s'écroule, le front percé d'une balle. Plus loin, un autre, hébété, se tient le ventre. Les munitions s'épuisent. À gauche, la grange est en feu, et Désiré, Augustin et les hommes qui l'utilisaient comme défense ont dû se replier en essuyant de lourdes pertes.

En face, les défenseurs de l'église ont, eux aussi, quitté leur camp retranché pour passer à l'attaque. Ils viennent de recevoir des secours partis de Caldwell's Manor et des soldats de métier dépêchés en renfort de Hemmingford et du fort de l'île aux Noix.

En sueur, le visage noirci par la poudre, Désiré est toujours parmi la centaine de patriotes qui résistent encore. Il a dû prendre le fusil d'un mort, le canon du sien ayant trop chauffé. Régulièrement, il doit fouiller dans les poches et les cartouchières des cadavres pour trouver capsules et cartouches.

À l'autre extrémité du champ de bataille, des volontaires toujours plus nombreux sortent des bois et amorcent un vaste mouvement d'encerclement.

Soudain, une voix lance :
— Nous sommes perdus !

Ce cri déclenche le sauve-qui-peut. Les plus lâches se lèvent et fuient à toutes jambes. Les plus courageux retraitent en tiraillant.

Hindenlang leur crie :

— Revenez ! Vous n'avez donc rien dans le pantalon !

Vains efforts. Rien ne peut arrêter la débandade. Si bien que l'officier lui-même ne peut faire autrement que reculer.

— C'est ça, foutez le camp, bande de rats. Vous ne méritez pas qu'on verse une goutte de sang pour vous et votre foutu pays !

Et alors, dans un grand geste théâtral, il dégaine son sabre, le brandit une dernière fois. Puis, d'un coup sec, il le brise sur son genou et en jette les morceaux avec une grimace de dégoût.

Désiré est un des derniers à se replier.

Les pensées se bousculent dans sa tête. *Battus ! Ce n'est pas possible ! Que va-t-il m'arriver ? Si je suis pris, avec mon passé, on se contentera pas de me remettre en prison...*

Les lignes américaines sont là-bas, à une volée de pierre, de l'autre bord de la Petite-Rivière-aux-Anglais. Il y a un pont mais il est solidement gardé.

Ils sont dix-sept, sans armes, cachés dans les joncs à attendre l'occasion de traverser. Des troncs et des branches mortes jonchent la grève. Hindenlang dénoue sa ceinture fléchée et invite ses compagnons à l'imiter.

— Attachons ensemble ces bouts de bois et faisons un radeau. On pourra traverser à la nuit tombée sans être vus.

Les pièces de bois sont assemblées. Trois hommes s'enfoncent dans les eaux noires. Dès qu'ils ont atteint l'autre rive, le radeau est halé à l'aide de la corde improvisée qui y a été fixée. Augustin et deux autres patriotes s'avancent dans le courant. Au milieu de la rivière, des cris étouffés éclatent. Un corps part à la dérive. Il disparaît. Remonte un instant avant de couler définitivement.

— Qui c'est?

— Augustin…, souffle une voix sur l'autre rive. Je pense qu'il s'est noyé…

Ils sont maintenant presque tous rendus de l'autre bord. Restent Désiré et Hindenlang.

— C'est à vous! chuchote le dernier patriote à avoir franchi la rivière. Allez-y! Tirez!

Désiré agrippe le cordage fait de bouts de tissus noués les uns aux autres. Tout à coup, il lui semble que celui-ci ne retient plus rien. Le fragile esquif s'est libéré et est parti au fil de l'eau.

Hindenlang hausse les épaules.

— Pas de chance… Sais-tu nager?

— Non.

— Moi non plus. Eh bien, il ne nous reste plus qu'à risquer le coup en passant par le pont.

— Quelle heure est-il?

— Une heure du matin. Avec un peu de chance, les sentinelles seront endormies.

Sans bruit, les deux hommes sortent des herbes hautes. Le pont couvert a l'air désert, et la guérite qui en défend l'entrée ne paraît pas occupée. Un nuage passe devant la lune.

Hindenlang s'engage d'un pas décidé au beau milieu du tablier. Désiré le suit, préférant rester dans l'ombre du tunnel de bois qui recouvre l'ouvrage. Ils sont presque à la sortie du pont.

Toujours personne.

Désiré sent son cœur cogner si fort qu'il a peur d'être trahi par le bruit de ses battements. La lune brille à nouveau.

Soudain un *habit rouge* sort de derrière la guérite en boutonnant sa braguette. Surpris, il reste figé un instant avant de faire glisser la bretelle de son fusil et de pointer la baïonnette de son arme en direction des deux fugitifs.

— *Where are you going? Hands-up rebels! And don't try anything stupid*[67]*!*

---

[67] « Où allez-vous ? Rebelles, haut les mains ! Et ne faites pas les idiots ! »

VIII

Prison du Pied-du-Courant, novembre 1838, octobre 1839

Désiré prend sa cuillère d'étain et, avec le manche de celle-ci, trace un bâtonnet de plus sur le plâtre pourri de la cellule. Il compte mentalement par tranches de cinq jusqu'à cinquante-cinq. Cinquante-cinq jours qu'il attend son procès dans ce *ward* infect de la prison du Pied-du-Courant, l'aile des récidivistes et des rebelles jugés les plus dangereux. Ceux que le tribunal militaire condamnera invariablement à mort et que le gouverneur Colborne enverra par fournées à la potence jusqu'à ce que l'opinion publique se calme, et que les journaux anglais cessent de réclamer des têtes.

Cinquante-cinq jours à attendre. Attendre le courrier que les religieuses font passer en cachette. Attendre d'improbables visites. Attendre surtout la gazette du lundi, qui publie à l'avance la liste de ceux qui vont mourir le vendredi suivant. Attendre ensuite le mardi que M. de Saint-Ours vienne lire l'avis officiel confirmant les nouvelles de la veille. Attendre enfin que sonnent dix heures, et que s'ouvrent les cachots jusqu'à seize heures. Taper sur l'épaule des autres prisonniers, les serrer dans ses bras en riant.

— Personne cette semaine ! L'aumônier me l'a assuré : on ne pendra plus pour la politique. À moins d'être accusé du meurtre de civils. On sera tous grâciés comme en 1837. Vous verrez…

Chacun, à sa façon, se raccroche à un espoir quelconque, mais tout le monde sait très bien que, cette fois, le gouvernement ne sera pas aussi enclin à pardonner.

Depuis décembre, de nouveaux prisonniers rapportent des histoires qu'on se raconte à voix basse en marchant de long en large dans le corridor ou en se regroupant autour du poêle. Plus de cent maisons brûlées à Chateauguay, Beauharnois et Sainte-Martine, mille familles ruinées. Des histoires d'horreur circulent. Celle de ce docteur anglais[68] qui, à moitié saoul, courait de maison en maison, la torche à la main et embrassait les filles à pleine bouche avant de mettre le feu au logis de leurs parents. Celle de ces soldats écossais qui, à Sainte-Martine, auraient violé une femme enceinte de huit mois sous les yeux de son mari[69]. On raconte aussi que des officiers se seraient conduits comme des forbans en repartant avec jusqu'à sept charrettes pleines de butin, de quoi remplir plusieurs *steam boats* de tout ce qu'ils avaient pillé.

Comme des centaines de nouveaux prisonniers affluent tous les jours, les occasions de s'indigner ne manquent pas. Les nouveaux venus décrivent comment la populace les a boxés, pincés et lapidés à coups de mottes de terre gelée. Comment les soldats, au moment de leur arrestation, les ont attachés derrière leur voiture et comment ils ont filé au trot exprès pour qu'ils tombent et soient traînés à plat ventre dans la neige.

Tous ceux qui écoutent, anciens notaires de village, bons médecins de campagne, habitants pères de grosses familles, ouvrent des yeux effarés.

---

[68] Henry Mount.

[69] Authentique.

— Je ne peux pas croire que des chrétiens puissent agir de même !

Cela fait rire le voisin de cellule de Désiré, Charles Hindenlang, qui, depuis qu'on a renoncé à l'isoler des autres, est devenu le boute-en-train du groupe.

— Moi aussi, j'ai souffert le martyre, vous savez ! Ah ! Les maudits highlanders des régiments d'Écosse, si vous saviez ce qu'ils m'ont fait subir !

— Ils vous ont cogné dessus ? s'enquiert un détenu.

— Pire.

— Vous avez dû supporter la vue de leur jupette et de leur ridicule pantalon carreauté ? plaisante un petit malin.

— Pire encore ! tonne le Français : leur CORNEMUSE !!! Messieurs, supporter leurs *maudites* cornemuses pendant quatre jours, ça vous tue ! Pas vrai, Désiré ?

Tout le monde éclate de rire, attirant du coup un ou deux geôliers, qui viennent voir ce qui se passe.

D'ailleurs, curieusement, la vie en prison a radicalement changé. En effet, depuis les premières exécutions de décembre, la discipline semble s'être assoupie. Comme si le directeur et son personnel avaient été pris de compassion pour ces mille deux cents patriotes,

190

sur qui plane l'ombre de la mort. D'autres poêles ont été installés. Des couvertes de laine, distribuées, les visites, facilitées. Sans compter que les *tourne-clés**, en échange d'une petite pièce, se font volontiers commissionnaires et se précipitent en ville pour acheter cruches de rhum et plats cuisinés.

Et puis, entre prisonniers et gardiens s'est installée une sorte de respect mutuel. Après tout, M. de Saint-Ours et nombre d'employés du pénitencier ont beau travailler pour les Anglais, ils n'en sont pas moins des Canadiens. Ils n'ignorent pas les tourments inhumains que plusieurs des prisonniers ont déjà subis à la vieille prison et dans les hangars du magasin Fry, à la Pointe-à-Callières, avant d'être transférés au Pied-du-Courant. Ils vivent surtout, eux aussi, quotidiennement, à l'ombre de la potence que les menuisiers ont construite au-dessus de la porte qui perce le mur d'enceinte. Et ils se souviennent, eux aussi, des deux exécutions qui ont déjà eu lieu. Celle d'avant Noël surtout. Aucun d'entre eux n'a oublié le petit Duquette, qui avait à peine vingt ans et pleurait pendant des nuits entières. Ni les adieux touchants de Cardinal à sa femme malade et à ses enfants. Non, personne n'a oublié ce petit matin blême, et tous revivent encore minute par minute cette scène terrible.

Le bourreau Humphrey, ogre voûté au masque effrayant[70], qui gravit l'échafaud appuyé sur son bâton. Duquette qui claque des dents quand on lui bande les yeux. On doit le soutenir pendant qu'on lui passe la corde. La trappe qui s'ouvre. Le corps de Cardinal qui se balance. Duquette qui heurte la charpente, se met à saigner et, râler sans mourir tout de suite parce que la corde a été mal placée. Et le bourreau qui va chercher une autre corde et l'ajuste mieux, cette fois, avant de couper la première. Les curieux, massés aux portes de la prison, qui crient afin qu'on grâcie le malheureux. Et monseigneur Bourget, lui-même, à genoux, priant pour le malheureux supplicié, qui enfin tombe dans le vide trois pieds plus bas. Et pour finir, le bruit des vertèbres qui craquent. C'était un 21 décembre, et un mois plus tard[71] la même abomination qui se reproduit. Cinq nouveaux corps qui, après quelques convulsions, oscillent au bout de leur corde de chanvre avant d'être déposés dans les cercueils de bois blanc alignés dans la neige.

Non, vraiment, personne ne peut plus vivre ni penser comme avant après avoir

---

[70] Hercule d'une grande laideur, le bourreau officiait sans cagoule et refusait de porter le manteau noir de sa profession.

[71] Plus précisément le 18 janvier.

assisté de près ou de loin à pareil spectacle. C'est, du moins, de cette manière que Désiré s'explique les changements survenus dans la prison. Quand on a du sang sur les mains comme les geôliers, on cherche à se faire pardonner ou au moins à se déculpabiliser en adoucissant les derniers moments de ceux qui vont mourir. Quant aux prisonniers, leur apparente insouciance est tout aussi naturelle. Lorsqu'on sait que le temps nous est compté, on veut vivre les heures qui nous restent comme une fête de chaque instant jusqu'à en être abruti, de peur sans doute de se retrouver seul face à l'idée insupportable de sa propre mort.

En fait, Désiré est probablement le seul à refuser ce genre de gaieté factice qui lui rappelle trop ses folies simulées lors de sa dernière incarcération. Cette fois, rien ne peut le sauver. Il en a l'intime conviction et il veut rester lucide. Rester concentré sur l'essentiel : son amour pour Jeanne. L'espoir que le sacrifice de sa vie n'aura pas été complètement vain et que Dieu…

— Tu philosophes trop ! fait Hindenlang, moqueur, en lui flanquant une grande claque dans le dos. Tiens, prends donc un coup !

Désiré refuse le vin que lui tend celui qui est devenu son ami. Hindenlang embouche le goulot de sa bouteille et poursuit en s'essuyant avec le revers de sa main.

— Tu vas finir comme Prieur, qui passe son temps à se confesser et à prier son bon Dieu, ou comme ce toqué de De Lorimier, qui n'arrête pas d'écrire toutes sortes de bêtises pour la postérité : «Vive la liberté! Vive l'indépendance! Si je meurs sur le gibet, je suis certain que mes frères d'armes prendront soin de mon épouse et de mes gamins», et blablabla! Tu vas voir, s'ils le pendent, comment ses amis prendront soin de sa famille. Ils la laisseront crever, tu veux dire! C'est l'espoir qui tue, mon Désiré. T'en veux vraiment pas une petite gorgée? T'as tort, c'est du bon. Cadeau de la femme de Lanctot[72].

Désiré le repousse, mais le joyeux ivrogne revient à la charge et se penche sur la table où l'apprenti est en train d'écrire.

— Tu écris à qui? Je te signale que tu as fait un pâté après «je t'aime» et que «Jeanne» prend deux «n».

Désiré plaque sa main sur le feuillet qu'il vient de remplir d'une écriture laborieuse.

— Ça ne te regarde pas. Allez, dégage. Va cuver ailleurs…

Hindenlang quitte la pièce en le saluant de sa bouteille.

---

[72] Hippolyte Lanctot, notaire de Saint-Rémi, 23 ans, père de deux enfants. Il fut condamné à la déportation en Australie et mourut le 11 mars 1839.

Désiré s'accoude à la fenêtre et souffle dessus pour faire dégeler le frimas qui la recouvre. De l'autre côté de la cour, un soldat frileux, son shako recouvert d'une enveloppe de laine, bat la semelle. Au milieu des tourbillons de neige, on distingue la charpente sinistre du gibet.

Le jeune forgeron ferme les yeux et laisse le givre opacifier la vitre de nouveau.

— Désiré Bourbonnais ! appelle le gardien-chef.

— Présent !

— Tu as de la visite. Une femme… Elle dit qu'elle est ta sœur. Tu nous avais dit que tu n'avais pas de famille. Enfin, c'est de tes affaires !

Désiré enfile sa veste et suit les deux soldats en armes qui l'escortent jusqu'à la pièce exiguë du premier étage servant de parloir pour ceux qui ne veulent pas recevoir dans leur cellule.

Habillée d'une robe noire à large cape et le visage dissimulé par une voilette, la visiteuse reste immobile. Seul un léger tremblement trahit son émotion lorsqu'elle aperçoit Désiré.

— Jeanne ! Tu es venue. Enfin.

Elle soulève sa voilette et esquisse un sourire navré.

— Désiré !

Il lui couvre les mains de baisers. Elle les retire doucement.

— Je t'ai apporté du thé, du savon et du sucre d'érable… Tu as l'air en bonne santé…

Elle lui parle de tout et de rien, s'excuse à chaque phrase et s'embrouille.

Des plages de silence s'installent entre eux.

Assis près d'elle, Désiré ne la quitte pas des yeux. Elle a changé. Son visage est plus pâle, et ses traits se sont creusés… Elle a maigri même si sa silhouette générale s'est curieusement arrondie. Il lui en fait la remarque discrète.

— J'ai été malade, lui répond-elle en baissant les yeux.

— Je me demandais pourquoi tu ne me rendais jamais visite. J'étais inquiet… Je t'ai même écrit une lettre, mais je ne te l'ai pas envoyée. Tu sais… Je ne sais pas bien écrire.

Elle ne dit rien, comme si elle portait le poids d'un secret trop lourd pour tenir une conversation normale. Elle semble lutter de toutes ses forces pour ne pas éclater en sanglots. Il lui caresse les épaules et la presse contre lui. Elle murmure :

— Mon oncle serait très fâché s'il savait que je suis venue te voir et…

Elle prend une profonde respiration avant de terminer sa phrase :

— … mon mari aussi !

Abasourdi, Désiré n'en croit pas ses oreilles. Il veut des explications. Mais elle est déjà debout. Il veut la rattraper. Un des soldats l'en empêche.

— La visite est terminée !

Désiré le bouscule.

— Tasse-toi, mon espèce !…

Le militaire appelle à l'aide son collègue, qui ôte son fusil de son épaule et frappe Désiré d'un coup de crosse à la tête.

— *Calm down you*[73] !

Le cuir chevelu fendu, Désiré s'écroule. Un double filet de sang coule comme des larmes rouges le long de ses joues.

Jeanne, mariée ! Avec qui ? Avec Narcisse… Ce n'est pas possible !

Complètement abattu, Désiré ne parvient pas à le croire. De quel odieux chantage a-t-elle pu être la victime pour accepter un tel

---

[73] « Tu vas te calmer ! »

sacrifice? Que lui a-t-on promis en échange? Car cette union cache forcément quelque chose. Jeanne l'aime encore. Ça, il n'en doute pas un seul instant. Mais Narcisse Cheval a de puissantes relations dans le parti tory[74]. Quant au curé Paquin, difficile de résister à son inflexible volonté…

Sans arrêt, Désiré se repose les mêmes questions et ressasse les mêmes sombres pensées, insensible aux bruits inquiétants qui agitent la prison. Depuis le 11 janvier, un cinquième procès est en cours avec, pour principaux accusés, les chefs de Beauharnois: Chevalier de Lorimier, le Dr Brien, François-Xavier Prieur et sept autres compagnons[75]. Or, le procureur Day est déchaîné et bien décidé à envoyer à la potence une nouvelle brochette de ces «bandits notoires». Neuf jours plus tard, effectivement, les dix sont condamnés à mort. Puis, le 22 janvier a débuté la comparution de Hindenlang et, quatre jours après, celle des rebelles ayant combattu à ses côtés à Odelltown. Au nombre de huit ils ont eux aussi été envoyés à l'échafaud. Ils sont

---

[74] Le parti appuyant le gouvernement et le gouverneur, par opposition au Parti patriote, qui sera associé au parti libéral (les Rouges).

[75] Il s'agit d'Ignace Chèvrefils, Joseph Dumouchelle, Joseph Goyette, Toussaint Rochon, Joseph Lanoie, Jean Laberge, F.-X. Touchette.

donc maintenant dix-neuf à attendre le jour fatidique. Dix-neuf à espérer une grâce de dernière minute. Dix-neuf fiévreusement occupés à prier ou à griffonner des suppliques, enfermés dans leur silence ou, au contraire, agités à l'extrême.

Hindenlang, en particulier, affiche une exubérance débridée qui se transforme, au moindre prétexte, en accès de colère homérique au cours desquels il vitupère contre la perfide Albion et cogne du poing sur la table commune, autour de laquelle les condamnés ont désormais l'habitude de prendre leurs repas.

— J'ai fait mon devoir ! tonne-t-il. Quoi qu'il m'arrive, je resterai un homme libre et, comme j'ai du cœur, je ne ferai pas rougir le nom que je porte. Le sang versé sera lavé par le sang, et mon dernier adieu sera le vieux cri de la France : « Vive la liberté ! »

À mesure que la semaine s'achève, la tension monte. Chaque fois qu'un bruit de clé se fait entendre, les prisonniers sursautent et s'informent aussitôt de l'identité du visiteur. La plupart du temps, il s'agit des avocats nommés d'office, maître Drummond et maître Hart, qui viennent rendre compte de leurs démarches désespérées auprès de l'inflexible gouverneur Colborne et de son conseil spécial. Parfois, c'est mère Émilie Gamelin, une sœur de la Charité, «l'ange des prisonniers», qui apporte un colis ou une lettre dissimulée dans ses manches. Mais celui dont tout le monde guette la venue, c'est l'aumônier de la prison, l'abbé Labelle, car lui seul, par on ne sait quelle faveur spéciale, a accès aux nouvelles les plus confidentielles.

Ce matin, l'abbé a justement triste mine. Sortant de derrière l'écran troué qui lui sert de confessionnal portatif, il ôte son étole et vient s'asseoir parmi les détenus, qui lui offrent une tasse de café arrosée d'une généreuse rasade de rhum.

— C'est pas de refus, remercie le prêtre. Il fait un froid de loup !

— Qu'y a-t-il de nouveau, mon père ? interroge Chevalier de Lorimier, qui passe pour être le plus sérieux et le plus écouté du *ward*.

Mal à l'aise, l'abbé cesse de siroter le liquide brûlant qu'on vient de lui servir et tortille entre ses doigts sa croix pectorale.

— Il va y avoir bientôt d'autres exécutions ?

— J'en ai bien peur, mes enfants…

— Vous avez des noms ?

L'homme de Dieu répond par la négative avant d'avouer :

— Ce que je sais, c'est que monsieur de Saint-Ours a passé commande pour sept cercueils…

Après des heures d'angoisse insoutenable, la liste tant redoutée circule enfin, transmise avant sa proclamation officielle par un journaliste du *Herald* venu observer sur place la réaction des patriotes concernés, afin d'écrire un bon papier pour ses lecteurs anglophones.

Mal lui en a pris : Hindenlang a failli le tuer en lui plantant une fourchette dans le crâne.

Cinq noms sont tombés : Pierre-Rémi Narbonne, François Nicolas, Amable Daunais, François-Marie Thomas Chevalier de Lorimier et Charles Hindenlang. Pour la première fois, dans l'aile où Désiré est incarcéré, des hommes vont mourir. Que dit-on à des amis qui n'ont plus rien à espérer ? Comment les aider à aller jusqu'au bout du chemin en gardant leur dignité ?

Trouvant cette épreuve au-dessus de leurs forces, beaucoup de prisonniers préfèrent se murer dans un silence coupable ou masquent leur désarroi en continuant leur routine comme si de rien n'était. Désiré est un des rares à refuser cette attitude hypocrite. Cette terrifiante expérience de la mort annoncée le pousse plutôt à repenser les assises de sa propre existence. Comment ne pas trouver insignifiante une simple peine d'amour quand on a la chance infinie de ne pas être sur la liste des prochaines exécutions et qu'on a l'assurance de demeurer simplement en vie quelques semaines de plus?

Ces réflexions l'amènent à passer de longues heures en compagnie des condamnés, pour qui il éprouve le plus grand respect. Ses liens avec Hindenlang en particulier n'ont jamais été si étroits. Hindenlang qui, sous sa cuirasse de matamore, est sans doute celui qui souffre le plus. Car cet étranger si bouillant n'a même pas le secours de la religion pour affronter l'appréhension du néant. Conséquemment, il n'arrête pas de mettre en scène sa mort prochaine comme le dernier acte d'une belle tragédie dont il espère être le héros sans faiblesse.

Désiré écoute ses forfanteries sans l'interrompre. Le malheureux pérore, gesticule, menace les gardes, les insulte.

Il s'indigne :

— Si je dois servir de spectacle à ces gredins-là, j'ai bonne envie de leur rire au nez!

Et puis, tout aussi soudainement, il s'effondre, se recroqueville dans un coin de son cachot et s'accroche au bras de Désiré.

— T'écriras à ma mère, n'est-ce pas? Tu me le jures! Je veux qu'après ma mort on m'enlève le cœur de la poitrine et qu'on le lui envoie. Tu veilleras à ce qu'on le fasse. Hein, Désiré?

L'apprenti forgeron acquiesce de la tête.

Alors l'ancien officier se redresse brusquement. Il chasse son ami de la pièce en gueulant:

— Fous le camp! Je ne veux pas qu'on me voie comme ça. Je veux être seul!

Dix heures du matin. Comme d'habitude, les porte-clés viennent d'ouvrir les cellules pour permettre aux prisonniers de se dégourdir les jambes dans les corridors. Désiré rejoint Hindenlang dans la sienne. Celui-ci est en train de composer le discours qu'il compte prononcer demain avant qu'on le pende. Il rature, bouchonne les feuilles de papier et a de l'encre plein les doigts. Dans le couloir, de petits groupes se sont formés et accompagnent les autres condamnés dans leur promenade. Seul le Dr Brien, qui partage sa geôle avec De Lorimier, est resté couché sur sa paillasse[76]. Vers trois heures de l'après-midi, des visiteurs, plus nombreux qu'à l'accoutumée, commencent à affluer. Des parents endimanchés, des amis politiques, des notaires en redingotes venus recueillir par écrit les dernières volontés de leurs clients.

Le couloir est bientôt bondé, mais tout le monde parle à voix basse, et l'atmosphère est si lugubre que Hindenlang s'écrie :

— Attendez au moins que nous soyons morts avant de nous organiser une veillée funèbre !

Il ne recueille que des regards réprobateurs.

Quelqu'un propose une prière en commun. Tout le monde se met à genoux, le chapelet à la main.

— Notre Père, qui êtes aux cieux…

Hindenlang fulmine.

— Prier, vous ne savez donc faire que ça !

L'après-midi avance. Les visiteurs se retirent. Les gardiens allument les lampes à huile.

---

[76] Brien, en fait, venait de trahir son ami De Lorimier et de le charger auprès de la justice pour sauver sa propre tête. La veille de l'exécution, rongé de remords, il demanda à changer de cellule.

Parfois, les adieux se font simplement. Un baiser sur la joue. Une brève étreinte. Quelques larmes retenues. D'autres fois, ils sont déchirants.

La femme du notaire De Lorimier, Henriette Cadieux de Courville, est la dernière à quitter les lieux. C'est une femme superbe et passionnée, qui se tient au bras de son mari comme on s'agrippe au mât d'un navire qui va sombrer dans la tempête. Un gardien l'avertit que l'heure des visites est dépassée. Son cousin, qui est venu avec elle, la prend doucement par les épaules et lui présente son châle. Elle éclate en sanglots et enserre fermement son époux de ses deux bras. Lui, tente maladroitement de se dégager. Elle s'évanouit. On l'allonge sur un lit. Elle retrouve ses esprits et semble se résigner, mais, au moment de franchir la porte, elle se jette de nouveau au cou de son mari, le couvre de baisers et perd connaissance une nouvelle fois. Désespéré, De Lorimier la soulève et la dépose dans les bras de son parent. La lourde porte se referme.

Désiré, qui n'a rien perdu de la scène, ressent un léger pincement au cœur. Voilà un homme qui, au moment de mourir, ne pourra pas douter de l'amour de sa femme.

La nuit est tombée. Dans une pièce adjacente, une table chargée de plats et de bouteilles est dressée depuis quatre heures de l'après-midi. Le *ward* entier, en effet, s'est cotisé pour organiser un banquet en l'honneur des futurs martyrs. Les geôliers complices ont accepté d'acheter tout ce qu'il fallait. Il y a du vin, de la viande, du lard, de la volaille et des *bines*. De Lorimier, qui devait présider, n'est pas là. Hindenlang a pris sa place et lève son verre.

— À la patrie! Au Canada libre[77]! Et merde à la reine d'Angleterre!

La douzaine de prisonniers attablés se lèvent pour trinquer et répéter le toast. Puis chacun se jette avec avidité sur la nourriture. L'alcool coule à flots. On chante à tue-tête. On se raconte des blagues salaces. On boit à la santé de tout le monde. On s'esclaffe. On se moque des gardiens, qui tentent en vain de tempérer les excès.

— Vous ne pouvez pas faire un peu moins de boucan, bande de cinglés!

---

[77] À l'époque, le Canada désigne le plus souvent deux provinces, le Haut-Canada (l'Ontario) et le Bas-Canada (le Québec), qui toutes deux se sont soulevées. Il est donc en partie erroné d'associer le mouvement patriote uniquement à une lutte d'émancipation nationale spécifiquement québécoise. Il s'agissait aussi d'une révolte contre la Couronne et les autorités coloniales britanniques, qui sera réprimée avec la même rigueur dans les deux provinces.

— Va au diable! beugle Narbonne, le manchot, en leur adressant un geste obscène de l'unique main qui lui reste.

Un soldat anglais demande :

— *What the hell are they saying*[78]?

— On dit que vous êtes rien que des *vendus et des lâches*! ajoute Hindenlang qui tient à peine debout. Pire : des esclaves, des larves au service d'un tyran en jupon. Allez, je vais me coucher. Aide-moi, Désiré. Je ne veux pas que ces salauds me voient ramper à quatre pattes jusqu'à ma cellule.

Désiré lui glisse le bras sous l'épaule et le tient fermement pour l'aider à marcher.

Saisi de nausées et pris de violents tremblements, Hindenlang n'est plus qu'une pathétique loque humaine. Désiré l'aide à s'étendre. Il respire très fort comme s'il manquait d'air et semble retrouver un instant toute sa lucidité.

— Désiré, j'ai une dernière faveur à te demander. Quand je monterai sur l'échafaud, j'aimerais que tu sois derrière ta fenêtre. Juste pour savoir que t'es là. Tu comprends, je n'ai personne ici…

Désiré lui serre les deux mains.

— C'est d'accord.

Lorsqu'il sort du cachot, il l'entend pleurer.

---

[78] « Qu'est-ce qu'ils disent ? »

— C'est l'heure! dit M. de Saint-Ours.

Hindenlang et De Lorimier, les deux condamnés logeant dans l'aile de Désiré, sortent
de leurs cellules. Le jeune notaire, qui a passé
une grande partie de la nuit à écrire des lettres
et à parler avec son confesseur, demande la
permission de réciter une prière rapide en
compagnie de tous les détenus. Le directeur
s'incline. Tous les prisonniers se mettent à
genoux sauf Hindenlang, qui reste debout,
les mains croisées sur la poitrine. De Lorimier
parle d'une voix claire et étonnamment calme.
Il serre quelques mains, donne quelques acco-
lades.

Le poêle du corridor s'est éteint pendant
la nuit. Il fait très froid. Saint-Ours parle à
l'oreille d'un des gardiens, qui sort et revient
avec des tasses et une théière de thé bien
chaud. Les yeux encore bouffis de sommeil,
Hindenlang saisit à deux mains la tasse qu'on
lui tend comme s'il voulait surtout se réchauffer
les doigts.

Quand chacun a vidé sa tasse, le directeur
dit simplement:

— Messieurs...

Les deux hommes lui emboîtent le pas
sans un mot et se dirigent vers la chambre où

ils rejoignent les autres condamnés à mort et le bourreau, qui les attend pour faire leur toilette.

Avant de sortir, Hindenlang envoie un petit signe amical à Désiré et profite d'un moment d'inattention de ses gardiens pour tendre discrètement à son ami deux enveloppes, que celui-ci glisse vivement dans sa poche.

Le bourdon* de la prison se met à sonner ses coups espacés qui résonnent dans tout le bâtiment. Désiré se précipite à la fenêtre de sa cellule et monte sur un tabouret pour voir dehors. D'un coup de coude, il brise la vitre. Le froid glacial lui mord le visage. Il empoigne à deux mains les barreaux et y colle son front.

La poudrerie balaie la cour, que traversent cinq silhouettes blanches marchant dans la neige, au milieu d'une haie de soldats.

Mains liées dans le dos, les condamnés gravissent les marches qui mènent à la haute estrade. L'un d'eux hésite. Les soldats le poussent. Le bourreau vérifie le mécanisme de la trappe et les nœuds coulants des cinq cordes. Désiré essaie désespérément d'identifier chacun des patriotes. Le plus petit, qui achève de discourir, est sans doute Nicolas. Narbonne, qui n'a qu'un bras, est le plus facile à repérer. L'autre, silencieux et la tête haute, celui qui porte une élégante cravate blanche au cou, c'est De Lorimier. Reste le grand qui, chemise ouverte, harangue une foule invisible. Ce ne peut être que Hindenlang.

Ils ont maintenant la corde au cou. L'ange de la mort saisit son levier. La trappe s'ouvre avec fracas, et les corps, après une brève chute, se balancent au vent. C'est fini. Ou presque. Car au dernier moment, l'impensable se produit. Un des pendus a miraculeusement survécu. Narbonne le manchot, mal ligoté, a réussi en se contorsionnant à libérer sa main valide et à saisir la corde au-dessus de sa tête évitant ainsi l'étranglement en se soulevant à bout de bras. Décontenancé, le bourreau hésite. Puis il force le malheureux à lâcher prise, mais celui-ci parvient de nouveau à attraper la corde et à se soulever durant quelques secondes. Le bourreau revient à la charge. Le condamné perd prise. Son corps tombe dans le vide. La corde se tend. Narbonne, le cou brisé, n'est plus.

Cette fois, c'est vraiment terminé.

Désiré chancelle sur son tabouret. Il en descend rapidement et, la main sur la bouche, court jusqu'au seau d'aisances, où il vomit.

Désiré songe à sa propre mort et peut maintenant en imaginer chaque détail. Et cette pensée le glace d'effroi.

Dans le *ward* silencieux, même si les portes sont ouvertes, chacun demeure dans sa cellule.

Désiré tire de sa poche les deux enve-loppes que lui a confiées Hindenlang. L'une est adressée à la mère du défunt. L'autre porte la suscription : « À Bourbonnais ».

Le jeune forgeron l'ouvre avec précau-tion. Elle contient une mèche de cheveux noirs et un billet sur lequel ont été gribouil-lées à la hâte quelques phrases à peine lisibles.

Adieu mon ami,

Je ne regrette rien. La cause pour laquelle on me sacrifie est noble et grande. Je ne crains pas la mort. C'est l'oubli qui me fait peur. Toi, tu ne m'oublieras pas ? J'en suis sûr. Parce que si tu le fais, je te jure que je viendrai te hanter et te crier :

« Réveille-toi, Canadien ! N'entends-tu pas la voix de tes frères qui t'appelle ? » Cette voix sort du tombeau. Elle ne te demande pas vengeance, mais elle crie d'être libre, et, pour cela, il te suffit de le vouloir. Adieu, compagnon.

Charles

Vingt et un février. Désiré est devant ses juges. Cela fait deux semaines que tous les matins, à neuf heures, en compagnie de onze autres accusés, sous escorte de cavalerie, on le conduit en fourgon cellulaire au vieux palais de justice. Deux semaines qu'on le traîne, fers aux pieds, devant ces quinze officiers et ce major général Clitherow, qui préside la Cour martiale.

Désiré écoute. À vrai dire, comme la procédure se déroule en anglais, il ne saisit pas grand-chose de ce qui se passe. Le procureur de la Couronne, Day, écume de rage comme d'habitude. C'est, paraît-il, le huitième procès, et les juges ont l'air las. Désiré remarque que plusieurs discutent entre eux. Un autre dessine des bonshommes grotesques pendus à des gibets et les passe à ses voisins, qui sont pris de fous rires[79].

Les témoins défilent. Des gens que Désiré, le plus souvent, ne connaît pas, à l'exception de Narcisse Cheval, dont la déposition est tout d'abord accablante :

— Un exalté, Votre Honneur, un rebelle dans l'âme. Un furieux qui a mis le feu à notre

---

[79] Détail authentique.

église… Il s'est même attaqué à mon cheval, qui, à cause de lui, s'est brisé une patte, si bien que j'ai dû le faire abattre.

Cette histoire de chevaux au moins semble piquer la curiosité des magistrats, qui demandent des explications.

Désiré se lève pour protester que c'est Narcisse qui lui a volé sa jument.

Le *chouayen* s'indigne :

— Et qui c'est qui a tressé la crinière de mon étalon et l'a rendu comme fou ? C'est quand même pas les lutins ! Si je t'ai pris ton cheval, c'était juste pour remplacer celui qui est mort par ta faute !

Désiré, devant tant de mauvaise foi, se rassoit. Il sait trop bien pourquoi son ennemi est là. Ou du moins il le croit, jusqu'à ce que son rival rajoute au moment de se retirer :

— Comme notre cher curé et comme ma chère femme, je lui pardonne malgré tout et je vous demande de considérer qu'il n'avait pas toute sa tête…

Désiré comprend. *C'est Jeanne qui a soufflé à Narcisse ces paroles. Elle a dû supplier et s'humilier pour que son mari accepte à contrecœur de plaider en ma faveur…*

Enfin, au huitième jour de procès, la sentence va être lue. À l'exception d'un certain James Perrigo, ils sont tous accusés de crime de haute trahison, et Désiré, dès qu'il entend son nom, se concentre pour mieux comprendre chacun des mots que prononce le juge :

— ...*That Désiré Bourbonnais be hanged by the neck till he be dead, as such time and place as His Excellency the Lieutenant General Commander of the forces of the Province of Lower and Upper Canada, and Administration of the Government of the said Province of Lower Canada, may appoint*[80].

Désiré comprend qu'il va être pendu.

---

[80] « Que Désiré Bourbonnais soit pendu par le cou jusqu'à ce que mort s'ensuive, en temps et lieu que voudront bien indiquer le lieutenant général, commandant des troupes dans les provinces du Bas et du Haut-Canada et de l'administration de ladite province du Bas-Canada. »

IX

À bord du *Buffalo,*
le 28 septembre 1839
au 11 mars 1840

Septembre. Des jours et des semaines se sont écoulés. La sinistre potence est toujours dressée de l'autre côté de la cour, mais, bien que six autres procès aient condamné à mort autant de groupe de patriotes, personne n'a été exécuté depuis le 15 février.

Telle une girouette virant au vent, l'opinion publique a de nouveau changé de bord. Même les journaux anglais ont cessé d'aboyer et appellent à la clémence. La rébellion est écrasée, et, dès lors, il faut ramener à la raison les bureaucrates, qui continuent de semer la terreur, afin de retrouver la faveur des

Canadiens en s'appuyant sur les plus modérés d'entre eux. En conséquence, au début de mai, la Loi martiale a été abolie, et la prison du Pied-du-Courant a commencé à se vider. Aussitôt qu'ils ont trouvé des répondants capables de verser ou de ramasser les quatre mille dollars de caution exigés, les prisonniers aux dossiers les moins chargés sont simplement libérés. Les autres seront sûrement graciés, mais leur sort n'est toujours pas fixé. La prison à vie? La déportation aux Bermudes ou dans une autre colonie de l'Empire?

L'aumônier, par contre, a bien averti les quatre-vingt-six détenus qui croupissent encore en prison d'éviter toute manifestation. Si les autorités choisissent de commuer les peines de mort en mesures de bannissement, l'embarquement doit se faire sans tambour ni trompette à seulement quelques heures d'avis.

À l'instar de ses compagnons d'infortune, Désiré a donc pris les précautions qui s'imposent. Son paqueton est prêt, et, chaque soir, il se couche tout habillé avec son meilleur habit dans la doublure duquel il a cousu le peu d'argent dont il dispose.

Désiré relit pour la troisième fois la lettre qu'un *tourne-clés* complaisant vient de lui

216

remettre en même temps qu'une bourse de cuir contenant vingt souverains d'or[81].

Mon amour,

Je doute que tu me pardonnes jamais. Je ne t'en voudrai pas. Je ne cherche pas d'excuses. Un jour, tu comprendras peut-être pourquoi je ne pouvais agir autrement.

Non, si j'ose t'écrire, c'est que je viens d'apprendre que très bientôt tu seras loin. Très loin. Trop loin pour que je puisse espérer te revoir.

D'après mon époux, le gouvernement a décidé de gracier tous les rebelles encore en prison, mais, pour cinquante-huit d'entre eux, dont toi, mon amour, la peine a été transformée en exil à vie à l'autre bout du monde, en Australie ! Crois-moi, j'en ai le cœur brisé.

---

[81] Monnaie anglaise de 7,3 g d'or fin valant plus de 100 $.

Voilà pourquoi il faut nous dire adieu. Si tu le peux, refais ta vie là-bas. Je devrais te dire aussi de m'oublier, mais je ne peux pas, car, pour ma part, je serais incapable de tenir une telle promesse. Je t'envoie un peu d'argent. Hélas, c'est tout ce que j'ai pu amasser. Tu en auras besoin...

Prends bien soin de toi...

Je t'aime.

Jeanne

Il plie soigneusement la lettre et la place avec ce qu'il a de plus précieux, au fond du coffre qu'il s'est acheté en prévision du départ.

L'Australie ! Il ne sait même pas où se trouve ce pays. Hindenlang lui a laissé quelques livres. Il y fouille pour trouver une mappe-monde. Des noms de continents et de pays exotiques défilent sous son doigt : l'Afrique, les Indes, les îles de la Sonde. Enfin il trouve ce qu'il cherche : une grosse île. Le bout du monde !

N'ayant guère voyagé au-delà de Trois-Rivières, il lui semble inimaginable de partir pour des contrées aussi lointaines et d'être séparé de Jeanne par des milliers de milles

218

d'océan. Jeanne qui l'aime toujours. Jeanne qu'il ne reverra jamais. Jeanne qui, loin de lui, chaque soir, va dénouer ses longs cheveux blonds devant Narcisse…

Fou de jalousie, Désiré lance son livre à l'autre bout de la cellule et pleure de rage en se cognant le front contre le mur avec une telle force qu'il se met à saigner.

Les fers aux pieds, Désiré écoute le battement régulier des roues à aubes du vapeur qui l'emporte vers Québec. Ils sont cinquante-huit au fond de la cale, un peu hébétés, car peu ont dormi, et tout s'est passé si vite.

La journée d'hier avait débuté sans histoire quand, tout à coup, vers trois heures de l'après-midi, l'Ours a placardé la liste de ceux qui iraient finir leur vie en terre australe. Ce fut une belle bousculade pour lire les noms. Quelqu'un lui a demandé : « À quand le départ ? » « Demain », a répondu le directeur. « Mais nos familles n'auront pas le temps de venir nous dire adieu… » Haussement d'épaules du directeur. « Je n'y peux rien, ce sont les ordres. » Les bagages ont été bouclés en toute hâte. Chacun a essayé de rejoindre ses proches. Ceux qui ne savaient pas écrire ont dicté leurs lettres à ceux qui étaient plus instruits. Ceux qui avaient de l'argent ont cherché à se procurer en catastrophe le nécessaire de voyage essentiel : linge de rechange, savon, rasoir, bottes, gilet, manteau… Et puis ce fut l'heure du couvre-feu. Nuit blanche à remuer mille pensées. Réveil à huit heures. Et de nouveau, ce fut la pagaille. La prison envahie par les parents, les épouses et les enfants qui ont été prévenus par on ne sait qui. Plaintes déchirantes, larmes, embrassements. Ensuite, vers onze heures, irruption des soldats et des officiers civils. Enchaînement des prisonniers deux par deux. Certains, qui s'étaient réveillés en retard, ont à peine eu le temps de s'habiller, comme le Dr Newcomb, qui s'est retrouvé en chemise et en bonnet de nuit. Vint enfin l'heure du départ. À peine le temps d'aligner les futurs exilés dans la cour entre deux rangs de soldats en armes et la colonne s'est ébranlée avec en tête un détachement de cavalerie.

À ce stade, Désiré n'a plus que des souvenirs confus. La foule dans les rues. Le bref plaisir de respirer à pleins poumons l'air de la ville, d'en sentir les odeurs, de voir des visages aux fenêtres, d'entendre, au milieu des huées, des voix qui criaient : « Courage, les enfants ! » L'escorte, qui faisait presser le pas, craignant une émeute.

Finalement le troupeau de prisonniers est monté à bord du *British America*, le vapeur qui attendait sous pression au Pied-du-Courant. La sirène a retenti. Le navire, lentement, s'est éloigné de l'embarcadère...

Le bateau à vapeur vient de stopper ses machines au milieu du lac Saint-Pierre. La nuit tombe. Il attend un navire qui transporte d'autres déportés. Quatre-vingt-trois rebelles du Haut-Canada, pour un bon nombre des Américains d'origine.

À travers la coque, Désiré entend le friselis de l'eau. Le bateau tangue et roule doucement au bout de sa chaîne d'ancre. Encore une nuit sans sommeil au milieu de ce nouvel arrivage d'êtres humains aux visages pour la plupart inconnus. Des cultivateurs bien sûr, mais aussi des notaires, un médecin, plusieurs menuisiers, un charpentier, un aubergiste, un officier de marine, un charron, un peintre, un carrossier, un voyageur et deux forgerons comme lui. Des gens de tous horizons, serrés les uns contre les autres et respirant le même air empuanti, alors qu'en d'autres circonstances, beaucoup d'entre eux se seraient croisés sans daigner s'adresser la parole.

C'est le cas du Dr Newcomb, un vieillard de soixante-cinq ans, compagnon forcé de Désiré qui, les mollets et les poignets enflés par le frottement des fers, ne parvient pas à trouver le sommeil et gémit chaque fois que se tend la chaîne qui les relie.

— Mon garçon, quand tu te retournes, tu me fais mal. C'est insupportable. Colle-toi donc contre moi et essaie de ne pas trop bouger en dormant.

Au petit matin, le vapeur reprend sa course et, le 27 septembre 1838, à onze heures du matin très précises, il accoste dans le port de Québec, presque bord à bord avec un grand bâtiment battant pavillon britannique, le *Buffalo*. Une vieille frégate à trois ponts de vingt canons, véritable rosse des mers, transformée en navire de transport.

Tout se déroule, encore une fois, à un rythme accéléré comme si les autorités de la ville voulaient se débarrasser au plus vite d'une irritante corvée, et, en quelques heures, empruntant une étroite écoutille qui les mène jusqu'au deuxième entrepont, les cent quarante et un prisonniers sont embarqués sur le navire de Sa Majesté Victoria.

Les ordres pleuvent. Les Canadiens français à tribord. Les gens du Haut-Canada à babord. La réaction est unanime. Vont-ils vraiment devoir passer les cinq prochains mois dans ce lieu infect? Situé sous la ligne de flottaison, le logement réservé aux prisonniers est, en effet, à peine haut de quatre pieds et quelques pouces, ce qui contraint ceux qui se lèvent à se déplacer courbés en deux. Il y règne une obscurité presque totale, et tout l'espace central de cet affreux coqueron est encombré de caisses et de ballots, ne laissant place de chaque côté qu'à deux allées le long desquelles sont alignés des bancs et deux rangées de châlits à double étage.

— Ils nous prennent pour des esclaves africains! grogne une voix.

— Et ça pue en diable! ajoute une autre.

Le soldat qui garde l'escalier menant sur le pont vocifère:

— *Shut up, sons of bitches! No talking allowed*[82]!

Le capitaine Wood apparaît, impeccablement sanglé dans son uniforme. Il ôte son bicorne pour ne pas l'abîmer. Il parle français avec l'accent de France en martelant chaque mot sur un ton glacial.

— Voici les règlements en vigueur sur ce vaisseau. Au son de la cloche: coucher à huit heures, lever à six heures. Silence absolu pendant la nuit. Défense de communiquer avec les détenus des autres logements que le vôtre.

---

[82] «Fermez-la, fils de chiennes! Il est interdit de parler!»

Les lieux d'aisances sont dans l'entrepont supérieur. Pour y avoir accès, vous devez demander l'autorisation à la sentinelle. Promenade à l'air libre, sur le premier pont, une fois par jour, la moitié de neuf heures à onze heures et l'autre moitié de deux heures à cinq heures trente. Je n'hésiterai pas à faire fouetter et à envoyer à fond de cale les contrevenants.

L'officier tourne les talons. Un cuisinier arrive avec le déjeuner. Un seau rempli de bouillie d'avoine. Il dit en montrant le chiffre à l'aide de ses doigts :

— Pour douze !

Voyant qu'on a juste distribué à chacun une petite tasse d'étain d'une chopine, le Dr Newcomb, qui parle couramment l'anglais, réclame des cuillères et des assiettes. Le cuisinier revient quelques instants plus tard avec un plat de fer blanc, un couteau, une fourchette et une cuillère.

— *For twelve !* répète le cuistot en refaisant le même geste.

Trop affamés pour argumenter plus longtemps, les hommes plongent leur tasse dans le seau et avalent goulûment la substance blanchâtre et gluante qu'ils en retirent.

Un long coup de sifflet. Des pieds nus qui piétinent le pont en courant. Le cliquetis des guindeaux*. Le bruit des chaînes d'ancre qui remontent. Remorqué par un vapeur, le *Buffalo* glisse lentement sur les eaux du fleuve.

Au milieu de l'allée, un prisonnier voisin de Désiré s'agenouille pour dire une prière. La sentinelle accourt et lui flanque un coup de crosse en plein milieu du dos. Le malheureux s'affale à plat ventre. Ses camarades l'aident à se relever.

Le soldat hurle :

— *Sit down! It's forbidden to leave the bench*[83]!

Le navire, sous l'effet du vent et des courants, commence à tanguer.

Émus, les déportés gardent le silence, à l'affût du moindre bruit venant de l'extérieur.

Soudain, un coup de canon ébranle les flancs du vaisseau, et, au loin sur la rive, une autre pièce lui répond.

— Qu'est-ce qu'on entend ? s'inquiète Joson Dumouchelle, un brave habitant de Sainte-Martine.

— C'est notre navire qui salue Québec et la batterie de la citadelle qui nous dit au revoir…

---

[83] « Assis, il est défendu de quitter le banc ! »

On n'entend plus les roues à aubes du remorqueur, et les craquements des membrures du *Buffalo* indiquent que celui-ci navigue maintenant seul, sous voiles.

Désiré est du premier groupe à monter sur le pont pour prendre l'air frais durant quelques heures. Accoudé au bastingage du gaillard d'avant*, il regarde défiler lentement les rives de la côte de Beaupré. Parfois, il distingue un village avec son clocher pointu, et, à sa vue, une boule lui serre la gorge. C'est peut-être la dernière image qu'il emportera du Canada. Et le visage fouetté par la brise du fleuve, il reste là, les yeux fixés sur les collines qui commencent à se parer des couleurs de l'automne. Et plus rien ne peut le distraire de ce spectacle. Ni les marins qui grimpent avec agilité dans les haubans*. Ni le claquement sec des voiles qui se déploient. Ni les oiseaux de mer qui, ailes immobiles, criaillent en suivant le navire.

Voilà, adieu, c'est fini…

La cloche tinte. C'est l'heure du dîner. Désiré, pour la première fois depuis longtemps, se sent tenaillé par la faim. À midi juste, l'enseigne Nibblett, chargé de la surveillance, annonce aux prisonniers le menu pour toute la durée de la traversée : un demiard* de soupe au pois par jour, trois quarterons* de lard salé et quatre onces de biscuits. Demain, à la place de la soupe et du lard : pouding[84] et bœuf salé. Pour boire : une pinte d'eau par jour et au souper un demiard de thé ou de cacao.

Désiré se jette sur la viande, qu'il déchire à belles dents après avoir vidé coup sur coup deux tasses d'eau. Le docteur Newcomb lui pose la main sur le bras.

— Ménage ton eau, mon garçon, avec tout le sel qu'il y a là-dedans, tu vas vite crever de soif.

Une heure plus tard, le vent fraîchit, et le lourd navire commence à rouler. Sur le banc voisin de Désiré, un prisonnier se tient l'estomac puis se met à vomir. Il cherche à gagner sa couchette. Nibblett lui ordonne de se rasseoir. Le malade se cramponne en régurgitant le reste de son repas. Saisis par le mal de mer, d'autres détenus sont pris de nausées. Bientôt le pont tout entier est souillé, et l'odeur devient écœurante.

L'enseigne est furibond.

— *Keep sitting ! That's an order ! You can't lie down you stupid asses*[85] !

---

84 Mélange de farine et de suif.

85 « Restez assis ! C'est un ordre ! Il est interdit de se coucher, ânes stupides ! »

Nibblett est un jeune gringalet à peine sorti de l'adolescence. Les joues ravagées par l'acné, il a dans le geste et la démarche quelque chose de féminin qu'il essaie de dissimuler en prenant des airs féroces et en forçant sa voix jusqu'à pousser des feulements de chat sauvage. Ce qui, évidemment, ne fait que souligner son manque d'autorité naturelle.

Le nombre de malades augmentant sans cesse et la puanteur de la prison flottante devenant insoutenable, l'officier est vite dépassé par les événements. Il a beau aboyer et frapper les détenus de sa baguette, ceux-ci se lèvent sans lui en demander l'autorisation et courent vers la cuve installée près des latrines de l'entrepont supérieur.

Rouge écarlate de colère, il s'approche justement de Désiré, qui aide le vieux docteur, malade lui aussi, à gagner l'escalier. L'officier lui barre le chemin, sa badine levée. Mais le regard du forgeron est empli d'une telle détermination que l'adolescent en uniforme demeure le bras en l'air avant de retrouver sa grossière arrogance et de lui cracher en anglais :

— Toi, quand tu auras ramené le vieux, tu me laveras cette porcherie et tu iras jeter les eaux sales en haut. Je veux que le pavé* brille plus propre que les boutons de la veste du capitaine. Sinon, je te le fais lécher.

228

Depuis huit jours la tempête se déchaîne. Huit jours de pluie, de vent et de paquets de mer qui inondent tous les compartiments du bateau. Huit jours à se cogner partout, à rattraper les objets qui glissent à terre. Huit jours surtout sans pouvoir respirer l'air du large, contraints à croupir au milieu des immondices.

Et puis, soudain, le retour du beau temps. La frégate, qui a quitté le golfe, fait route, sud-est en longeant les côtes américaines, et, peu à peu, la vie à bord reprend son cours normal.

Voilà déjà trois semaines que le *Buffalo* a quitté le Québec quand, tout à coup, un vent de panique sème l'émoi à bord. Un prisonnier de droit commun du nom de Black, embarqué avec les mêmes privilèges que les soldats affectés au travail de garde-chiourme, a répandu la rumeur que les prisonniers américains, avec la complicité des Canadiens, complotent de s'emparer du bâtiment et de rallier un port de la côte avec, à la barre, le capitaine Morin, le seul des déportés ayant l'expérience de la mer.

Aussitôt averti de ce plan, le commandant place tout son équipage sur un pied de guerre. Des soldats et des marins armés de sabres et de pistolets déboulent les escaliers de l'entre-pont. Tous les prisonniers sont parqués dans une pièce minuscule fermée à clé pendant que sont vidées les valises, forcés les coffres avec des pieds-de-biche, retournés les matelas et fouillés tous les recoins. Tout ce qui pourrait servir les noirs desseins des mutins – ciseaux, couteaux de poche, rasoirs, argent – est auto-matiquement confisqué au passage. Finale-ment, cette recherche aussi méticuleuse qu'inu-tile se solde par un renforcement des règles en vigueur. Couvre-feu à huit heures. Inter-diction absolue d'aller aux toilettes sans l'ac-cord du garde. Défense d'aller sur le tillac* pen-dant la promenade, qui, désormais, sera limitée à une heure par jour et se fera par escouade de douze en respectant un silence absolu sous peine d'être immédiatement fusillé.

L'enseigne Nibblett en profite évidemment pour multiplier les brimades et, chaque soir, à huit heures quinze, quand il fait sa ronde, lanterne à la main, il a toujours des remon-trances à la bouche et multiplie les menaces de châtiments exemplaires :

— Toi, pourquoi gigotes-tu ainsi sous tes couvertures ?

Désiré se retourne sur sa paillasse.

— Je me gratte, *maudit épais*! T'as pas remarqué qu'on est plein de poux, et que ça grouille de punaises !

230

— *What the hell did he say*[86]?

Un des Américains de l'autre bord de la séparation lui répond.

— *He said the hotel is crappy and that he'll complain to the managenent*[87] !

Le mois d'octobre s'écoule, et la routine se réinstalle, les caprices du vent et l'humeur de l'océan dictant les activités de la journée. Aujourd'hui, le temps est calme, on fait le grand ménage de l'entrepont, qu'on badigeonne à la chaux, ou on lave le linge à l'eau salée avec une brosse et une espèce de terre blanche qui tient lieu de savon. Pour tromper l'ennui, Désiré apprend l'anglais auprès du Dr Newcomb. En retour, le rouquin lui fait la barbe avec un méchant rasoir rouillé qui a échappé à la fouille.

Le moindre incident qui vient rompre la monotonie des jours suscite un intérêt démesuré. Une baleine et son baleineau ont suivi le navire pendant quelques heures. Un marin a pris un requin, et chacun s'étonne de ce qu'on a trouvé dans ses entrailles. Un autre

---

86 « Qu'est-ce qu'il a dit ? »

87 « Il dit que l'hôtel est pourri, et qu'il se plaindra à la direction ! »

homme d'équipage a pêché un albatros en laissant flotter sur l'eau une ligne appâtée d'un morceau de viande, et, maintenant, tout le monde s'amuse à regarder l'immense oiseau marcher gauchement sur le pont, incapable de reprendre son vol. Un autre jour, c'est quelqu'un qui s'écrie :

— Regardez ! Des poissons qui volent !

Et tous les prisonniers de s'extasier à la vue de ces flèches d'argent qui jaillissent au-dessus de la crête des vagues.

Plus le *Buffalo* s'approche de l'équateur, plus la chaleur devient accablante. Dans l'entrepont, l'air est irrespirable, et l'eau potable fait cruellement défaut. Hier, un prisonnier du Haut-Canada est décédé : on l'a enveloppé dans une toile à voile et on l'a lesté d'un boulet de canon enchaîné à ses pieds. Le capitaine a lu une courte prière, et on a basculé la planche sur laquelle on avait déposé le corps. Puis chacun est retourné à ses occupations.

Trempé de sueur, Désiré passe ses journées près de l'escalier de l'écoutille, le seul endroit où il y a un peu d'air frais. Même aux heures autorisées, personne ne monte plus sur le pont, où il n'y a aucun endroit à l'ombre. La mer est d'huile. Pas un souffle. La côte africaine semble proche, car la mer se couvre parfois de nuées de criquets. Chaque jour il fait encore plus chaud. Dévorés par la soif, les hommes ont ôté leurs chemises de coton et les pantalons de toile qu'on leur a distribués, pour coucher en caleçon sur leur matelas moite d'humidité. Parfois, de sombres nuées s'accumulent à l'horizon, et des éclairs zèbrent le ciel. L'orage passe souvent sans laisser tomber la moindre goutte d'eau, mais il arrive qu'il éclate au-dessus du navire et qu'il laisse tomber une averse diluvienne. Désiré guette alors l'eau se glissant entre les planches des ponts supérieurs et, bouche ouverte, avale les filets de liquide qui s'écoulent.

Certains matelots peu scrupuleux ont d'ailleurs compris qu'il y avait là matière à un commerce très lucratif. Dès qu'une ondée providentielle s'abat sur le *Buffalo*, ils descendent proposer des rations d'eau supplémentaires à ceux qui ont de l'argent. Et quelle eau! De la pluie qu'ils ont recueillie dans leurs bottes ou, pire encore, puisée au fond des chaloupes où sont parqués les porcs et les moutons. De l'eau roussâtre au goût de fumier, vendue en bouteilles, que chacun se dispute pourtant dans la mesure de ses moyens.

Novembre. Le *Buffalo* continue de paresser à la recherche de vents favorables. Les vivres s'épuisent. L'eau douce aussi. Le Dr Newcomb avait raison : on peut mourir de soif au milieu de l'océan.

Désiré remarque que le navire a changé de route et a mis le cap au sud-ouest.

Au bout de quelques semaines, un rivage apparaît enfin. Un nom circule. Le Brésil! Désiré n'en croit pas ses oreilles. Il consulte le docteur.

— Mais le Brésil, c'est l'Amérique du Sud!

Le vieux médecin lui explique que le capitaine n'avait sans doute pas d'autre choix à cause des vents.

Le Brésil! Le mot sonne comme une fête aux oreilles de chaque prisonnier, et, lorsque Désiré monte sur le pont à l'heure de la promenade, il n'est pas déçu. Le *Buffalo* mouille dans la plus splendide baie du monde. Rio de Janeiro, avec ses maisons blanches accrochées aux flancs des montagnes, son pain de sucre, ses palmiers.

Surprise: tout autour du navire-prison sont ancrés des vaisseaux pavoisés du monde entier, et, le soir venu, un grand feu d'artifice illumine le ciel.

— Ce n'est pourtant pas pour célébrer notre arrivée, plaisante un des prisonniers nommé Toussaint Rochon.

— Non, répond Louis Bourdon, un ancien marchand qui est toujours au courant de tout. Le 2 décembre, c'est l'anniversaire du couronnement de l'empereur du Brésil, un *ti-cul* d'à peine quatorze ans.

Pour Désiré comme pour tous ses compagnons, l'escale à Rio est comme un baume sur une plaie vive. Une douce brise balaie les flots, et surtout, chaque matin, des flottilles de pirogues se pressent autour du vaisseau, et de belles Brésiliennes à la peau noire et aux dents d'un blanc éclatant offrent aux gens du bord des oranges, des bananes, des noix, du rhum et des boissons fraîches. Le capitaine Wood, bien sûr, s'est d'abord opposé à ce genre de négoce. Mais, au bout de quelques jours, sans doute radouci par quelques visites à terre, le commandant s'est ravisé et non seulement il a autorisé ses marins à marchander avec ces femmes, mais encore il a consenti à redonner aux prisonniers leur argent confisqué pour qu'ils s'achètent du sucre de canne et des fruits.

Quel bonheur de pouvoir se sucrer le bec, de boire enfin tout son saoul et de s'endormir le ventre plein !

Hélas, l'escale au paradis tire à sa fin, et, le 5 décembre, le *Buffalo* quitte la baie pour reprendre sa route plein sud.

Trois semaines de bon vent. Puis, subitement, des bourrasques venues du pôle Sud couvrent le navire de glace, et le thermomètre chute brutalement, forçant chacun à enfiler l'un par-dessus l'autre tout ce qu'il a de vêtements chauds. Le *Buffalo* a finalement trouvé les vents qu'il cherchait et, sous un maximum de voiles, il file vers l'est à pleine vitesse. Si vite que, fin décembre, le vaisseau est déjà en vue du cap de Bonne-Espérance, qu'il double sans pouvoir même ralentir sa course. Car le vent d'ouest, loin de faiblir, a encore forci. Il fait bouillonner la mer, qui devient entièrement blanche et soulève des vagues énormes dans lesquelles le *Buffalo* plonge son étrave* jusqu'au beaupré* avant de se redresser péniblement. Les mâts craquent, et les flots mugissants frappent la coque avec une telle violence qu'à chaque assaut, on a l'impression que la frégate vient de se fracasser sur des rochers.

— Nous allons tous mourir, gémissent plusieurs.

— Eh bien, trinquons avant d'y passer ! propose l'aubergiste Dumouchelle, qui a profité de l'arrêt au Brésil pour faire provision d'alcool.

Chacun tend sa tasse et la vide d'un trait.

— Allez, une autre tournée ! Après tout, c'est Noël !

La bouteille fait le tour de la chambrée, et le tafia* a un effet immédiat. La tempête est oubliée, et les prisonniers retrouvent pour un instant l'esprit des fêtes. Dumouchelle sort son violon. La compagnie bat du pied et frappe des mains pendant qu'un couple de danseurs esquisse un rigodon* endiablé, accrochés l'un à l'autre par le coude. À son tour, Désiré, mis en gaieté, commence à giguer, mais, à cause du roulis et de la légère ivresse qui lui brouillent les sens, il titube et finit par s'écraser sur le plancher.

Tout le monde rit.

Le Dr Newcomb tire sa montre. Il est minuit à l'heure du Québec. Chacun se tait.

Désiré prend un morceau de bougie et l'allume. D'autres petites flammes brillent dans la pénombre. Une voix tremblotante d'émotion entonne :

« Il est né le divin enfant… »

Douze janvier. La tempête s'est apaisée. Le *Buffalo* est entré dans la mer des Indes, et la chaleur est de nouveau étouffante. Par bonheur, le capitaine semble désormais convaincu que sa cargaison humaine n'est pas composée de criminels aussi dangereux qu'il le pensait et il se montre plus humain. Il distribue régulièrement de la limonade et, tous les quinze jours, autorise pendant la promenade l'usage des pipes et du tabac. L'atmosphère s'en trouve aussitôt détendue et graduellement au fil des jours, les prisonniers finissent par considérer la frégate un peu comme leur maison.

Les semaines passent. En février, plus rien ne semble pouvoir troubler la quiétude qui règne à bord.

Jusqu'au jour où, du haut du grand mât, une vigie s'écrie :

— Terre ! Droit devant !

Le capitaine étire sa longue vue et annonce :

— La terre de Van Diémen[88].

Lent et fatigué, le *Buffalo* entre bientôt dans un nouveau port inconnu. Hobart. Au pied d'une haute montagne couverte d'une jungle impénétrable, la ville aligne ses coquettes maisons coloniales au bord d'une rivière paisible où se dresse un moulin de briques. Sous leurs ombrelles, des femmes en robes blanches se promènent sur les quais au bras d'officiers en uniformes rouges.

Les forçats du Haut-Canada viennent d'apprendre qu'ils sont arrivés à destination et

---

[88] La Tasmanie.

vont quitter le navire. Même si les Canadiens français ont eu peu de contacts avec eux, tous se serrent la main et se font leurs adieux. Appuyé sur le bastingage, Désiré regarde ces malheureux compagnons d'infortune descendre dans les barges envoyées par les autorités pénitentiaires de l'île.

Dieu leur vienne en aide!

Le *Buffalo* sort de la rade et disparaît dans un épais banc de brume. Cinq jours plus tard: nouveau bruit de chaînes, cavalcade de marins sur le haut pont. Puis la nouvelle qui se répand telle une traînée de poudre.

— Nous sommes arrivés!

La frégate, après plus de cinq mois de navigation, vient d'entrer à Port-Jackson et de mouiller devant Sydney, capitale de la Nouvelle-Galles du Sud.

X

Australie,
mars 1840-février 1846

Parti de Sydney à l'aube, le petit bateau à vapeur poussif remonte lentement le bras de mer où se jette la rivière Parramatta, dont les rives s'élargissent en d'innombrables baies aux mangroves impénétrables. Jamais Désiré n'aurait pu imaginer une végétation aussi luxuriante et un tel foisonnement de vie. Palétuviers, acacias et eucalyptus géants sont remplis du jacassement des cacatoès et du chant de toutes sortes d'oiseaux siffleurs. Sur l'eau flottent d'immenses nénuphars parmi lesquels nagent des canards et marchent à pas prudents des grues à tête rouge.

Malgré les nuées de moustiques qui lui bourdonnent aux oreilles, Désiré ne se lasse pas de ce spectacle changeant. Sans oser se l'avouer, il éprouve même, au sein de cette nature sauvage, une espèce de sentiment de libération. Comment, en effet, ne pas savourer le simple plaisir d'être au grand air quand on a croupi plus de cinq mois dans la crasse et attendu neuf jours de plus dans un port. Neuf jours d'angoisse supplémentaires avant que le gouverneur décide de ce qu'il allait faire d'eux ! Ne dit-on pas que, sans l'intervention de Mgr Polding, évêque de Sydney, il était question de les expédier à l'île Norfolk, *the Hell on earth*[89] ? Comment ne pas se sentir soulagé d'avoir enfin quitté ce navire maudit ? Comment n'être pas heureux d'avoir retrouvé une parcelle de sa dignité d'homme après avoir été traité comme du bétail par ces fonctionnaires montés à bord pour les examiner : « Nom ? Âge ? Marié ? Ouvrez la bouche ! Écartez les jambes. Cicatrice sur la cuisse… Tatouage sur le bras droit… Suivant ! » L'impression d'être un cheval devant un maquignon…

Le vapeur ahanant au rythme régulier de ses machines entre au fond d'une baie plus étroite peuplée d'une colonie de cormorans qui, droits sur leurs rochers blanchis par la

---

[89] « L'enfer sur terre. » L'île Norfolk était l'endroit où l'on envoyait les criminels les plus dangereux.

fiente, semblent saluer le bateau en étendant leurs grandes ailes noires.

— Longbottom! annonce le pilote en désignant un quai où attendent quelques soldats et un attelage de bœufs.

Un à un, les cinquante-huit compagnons de Désiré montent sur le pont avec leurs valises et leurs paquets. Pour la première fois, le jeune forgeron est frappé par leur maigreur extrême. C'est à peine si leurs pantalons, souvent attachés à la taille par une ficelle, leur tiennent sur les hanches. Désiré, qui n'a conservé qu'un simple baluchon, aide le Dr Newcomb à porter sa sacoche de cuir jusqu'à la charrette, où s'empilent les bagages.

Le jeune homme s'est pris d'une réelle amitié pour le vieillard. De son côté celui-ci a entrepris de faire l'éducation du rouquin en l'aidant à perfectionner son anglais, puis en lui enseignant les rudiments de l'art de soigner.

— Tu aimerais être médecin, Désiré?

Le jeune forgeron a d'abord cru que le vieil homme plaisantait.

— Moi, c'est les chevaux qui m'intéressent, docteur!

— Tu pourrais les soigner aussi…

Il était sérieux. Depuis, chaque fois que quelqu'un est malade dans le groupe, Désiré assiste le vieux médecin.

— Double file ! hurle le sergent, Lane qui commande l'escouade venue les chercher.

Habitué aux coups de gueule des soldats, Désiré obéit sans se presser et se met en marche avec les autres, derrière la charrette.

Le camp est à un mille de la rivière, mais la plupart des prisonniers sont si affaiblis qu'il leur faut une demi-heure pour gagner le pénitencier.

En fait, Longbottom ressemble plutôt à une grande ferme. Pas de murs d'enceinte. Juste quatre barraques sans fenêtres, couvertes de bardeaux, une cuisine, une étable, une caserne pour les soldats et un petit détachement de police montée. En rangs dans la cour, devant la maison du surintendant, les Canadiens attendent, debout sous le soleil brûlant. Ils attendent que le maître des lieux, Henry Clinton Baddely, sorte pour les compter et faire l'appel nominal. Le directeur paraît enfin. Revêtu d'un manteau de peau d'agneau malgré la chaleur, les cheveux ébouriffés et les yeux bouffis par l'alcool, le personnage, à première vue, ne diffère pas des autres tortionnaires qui, depuis son premier séjour en prison, ont défilé dans la vie de Désiré. Ex-lieutenant chassé de l'armée pour inconduite, Baddely a accepté ce poste à contrecœur et ravale le sentiment de sa propre déchéance en exerçant un pouvoir tyrannique sur tous ceux que la société rejette plus bas que lui. L'homme a pourtant une allure débraillée et un teint maladif qui trahissent une certaine vulnérabilité. Il a beau crier et adopter un ton menaçant en énumérant tout ce qu'il est interdit de faire dans le camp sous peine de recevoir cinquante coups de fouet, sa voix se casse, et, saisi de longues quintes de toux, il sort son mouchoir, qui se teinte de rouge.

— La phtisie…, chuchote Samuel Newcomb à l'oreille de Désiré. Sous ce climat, il ne fera pas de vieux os !

Son souffle retrouvé, le surintendant reprend la parole.

— Vous travaillerez dans la carrière à vingt-cinq arpents du camp. Lever à cinq heures. Rassemblement au son de la cloche au milieu de la cour. Comme je n'ai encore reçu ni couvertures ni tenues réglementaires, vous garderez, pour l'instant, vos effets personnels, mais ceux-ci devront porter la marque du camp.

Il recommence à tousser et à cracher le sang pendant que deux soldats remontent les rangs, armés d'un pot de peinture et d'un

pinceau avec lequel ils badigeonnent gros-
sièrement, sur le dos de chaque forçat, les
lettres LB.

Le notaire Lanctot, qui a toujours tenu à
conserver une certaine élégance, s'insurge.

— Vous n'allez tout de même pas me
barbouiller ça sur ma redingote. Et puis, ça
veut dire quoi ces lettres ?

Samuel tente une explication :

— Sans doute *Longbottom Barracks* !
Ce sont les initiales du camp.

Désiré s'exclame :

— C'est le *bout' du bout'* : ils nous marquent comme des animaux !

Le chantier de la route devant relier
Sydney à Parramatta, au pied des montagnes
Bleues, a été ouvert il y a quelques années,
et des milliers d'ouvriers esclaves y ont besogné
sans jamais l'achever. Car, comme le dit souvent le gouverneur de la Nouvelle-Galles du
Sud, sir Georges Gipps : la main-d'œuvre est
abondante, mais elle ne vaut pas grand-chose.
D'ailleurs sir Georges n'arrête pas de se
plaindre à Londres que mille forçats abattent
moins d'ouvrage dans une journée qu'un seul
homme libre ! Tous les officiers en poste en

Australie partagent, semble-t-il, cette opinion. Les déportés sont la lie de la terre. De la racaille qui s'ajoute à tous les criminels dont l'Angleterre s'est déjà débarrassée en faisant du pays un gigantesque bagne réunissant aussi bien des putains de White Chapel que des pickpockets, des révolutionnaires irlandais, des escrocs ou de simples braconniers. Face à ces gens, une seule attitude : méfiance absolue et brutalité aveugle.

Selon toute apparence, c'est la ligne de conduite choisie par le surintendant Baddely quand il vient surveiller le travail de la carrière et de la route.

Neuf heures par jour, quatre équipes de forçats triment sous le soleil impitoyable. La première creuse le roc et y enfonce à la masse des coins d'acier pour en détacher de gros blocs. La seconde équarrit les pavés, qui sont transportés par charretées jusqu'à la route en construction. La troisième apporte, à l'aide de brouettes, la pierraille de remplissage, et la dernière construit et nivelle la chaussée proprement dite.

Désiré, qui connaît bien les animaux, conduit un des fardiers* transportant les lourdes charges. Un attelage tiré par douze bœufs liés par paires sous un joug de bois. Il jouit, de ce fait, d'une certaine liberté et, au retour à vide de chaque voyage, il peut s'attarder à observer les gens du pays qui empruntent la route en travaux.

Comme tout est différent du Canada ! Chaque jour amène une découverte nouvelle.

Parfois, c'est une famille d'aborigènes qui sortent à la queue leu leu de la forêt. Presque nus. Les hommes avec leurs javelots, leur hache et leur boomerang. Les femmes avec leur bâton à fouir*. Ils ont le front fuyant, les yeux enfoncés au fond de leurs arcades sourcilières proéminentes, des cheveux ondulés, et leurs enfants ont la peau étonnamment claire. On dirait qu'ils sortent d'un rêve.

D'autres fois, un troupeau de moutons de plusieurs milliers de têtes envahit la route tel un fleuve bêlant, ou bien des kangourous traversent le chemin en quelques bonds rapides.

De temps en temps, Désiré croise aussi des diligences qui le doublent à un train d'enfer au milieu d'un nuage de poussière. Il lui arrive aussi de tomber sur des colonnes de forçats qui lui lancent des injures. Mieux vaut alors ne pas ralentir, surtout quand les détenus rencontrés sont des femmes expédiées à la filature de laine de Parramatta, qui emploie deux cents ouvrières et une centaine d'enfants. Ces femmes sont vulgaires. Sales et délurées, elles avancent en bandes bavardes sous la surveillance de matrones armées de gourdins.

Quelques-unes sont jolies, mais, la plupart du temps, il s'agit d'affreuses harpies qui, à la vue du jeune rouquin, lancent des œillades, soulèvent leurs robes avec impudeur et se trémoussent en riant.

— Eh beau gosse! Ça te tente?

Désiré rougit et détourne la tête.

— Dieu que mes pieds me font mal! gémit Samuel.

— Attends, je vais t'aider, dit Désiré en s'agenouillant devant le vieil homme, dont les bottines ont rendu l'âme depuis des mois à force d'être écorchées par les cailloux.

Les pieds du médecin sont couverts d'ampoules et de sang séché. Un de ses gros orteils a commencé à bleuir. Le forgeron va chercher un seau d'eau à la citerne et lui lave ses plaies.

— Il me reste un peu de rhum dans ma sacoche. Sois gentil de me frictionner avec.

Dans la baraque, les quatorze autres prisonniers se sont déshabillés. Il ne fait pas vraiment froid, mais, depuis que l'hiver austral s'est installé, il règne une humidité qui transit jusqu'aux os. Un inconfort d'autant plus difficile à supporter que l'administration pénitentiaire n'a toujours pas livré les couvertures promises et que la nourriture est toujours aussi exécrable et aussi chichement distribuée : par jour, un brouet de maïs additionné de cassonade, douze onces de mauvais pain et une demi-livre de viande de bœuf ou de mouton plus ou moins avariée.

Désiré a fini de masser les jambes et les pieds du vieux Samuel. Celui-ci lui tend les restes de sa bouillie.

— Tiens, mange ! Moi, j'en ai assez. À mon âge, on n'a pas très faim, le soir…

À l'autre bout de la chambrée, un petit groupe s'est formé autour du notaire Lanctot. Il a reçu, par courrier d'Angleterre, une lettre de sa femme et, comme le veut la coutume, il s'apprête à la lire tout haut pour ceux qui n'ont rien reçu et meurent d'envie d'avoir des nouvelles du pays.

La lettre a mis plus de huit mois pour parvenir à destination. Elle parle de neige, de sirop et de vols d'outardes, et tous écoutent comme si on leur lisait le plus beau conte jamais écrit. La lettre est également pleine d'espoir. Depuis l'Union[90], le vent politique a changé, et beaucoup de personnes se mobilisent afin d'obtenir le retour des exilés. On organise des collectes d'argent pour leur venir

---

[90] En 1840 fut imposée l'union politique du Haut et du Bas-Canada.

en aide, et un étudiant a même écrit sur eux une belle chanson qu'on chante partout[91].

Le notaire replie sa lettre malgré les protestations.

— C'est tout!!!

— Le reste est trop personnel… Ma femme s'ennuie beaucoup de moi, et je peux pas vous lire ce bout-là…

Après l'échange de quelques plaisanteries grivoises, les auditeurs regagnent leur couchette. La cloche, dans la cour, égrène ses trois coups. On souffle les chandelles. Chacun s'enroule dans ce qui lui tient lieu de couverture. Un pet sonore rompt le silence. Rires.

— Touchette, t'es un vrai porc!

Nouveaux rires.

— Désiré, tu dors?

— Non.

— Tu n'entends pas?

— Si.

— Ça vient de la caserne…

— J'en ai l'impression… Sont encore saouls… Comme de coutume.

---

[91] Il s'agit du célèbre *Un Canadien errant,* d'Antoine Gérin-Lajoie (1842).

— Ouais, mais, ce coup-ci, on dirait que la bagarre est en train de mal tourner.

Désiré se lève et va entrouvrir la porte de la baraque. Le tumulte provient bien de la caserne. Échanges d'insultes, fracas de meubles et de verre brisés. Deux hommes roulent dehors et se cognent dessus, encouragés par le reste de la garnison, qui s'est divisée en deux camps. Ayant pris temporairement le dessus sur son adversaire, le plus costaud des pochards n'arrête pas de beugler :

— *Say again that my wife's a whore*[92]!

L'autre ne bouge plus. Les deux clans se retirent, mais, presque aussitôt, le tapage reprend de plus belle.

L'homme, qui gît au sol, se relève en chancelant et réussit à marcher jusqu'à la cloche suspendue au centre de la cour.

Il la fait sonner à toute volée.

— *Batinsse*! Qu'est-ce qui se passe? bougonne F. X. Touchette, réveillé en sursaut.

Toute la baraque se lève.

— C'est les Anglais qui *se mettent sur la gueule*, explique Désiré. Y en a un qui a donné l'alarme. Il ressemble à Baddely. On est mieux de sortir voir.

Cinq minutes plus tard, encore à moitié endormis, les Canadiens sont alignés dans la

---

[92] « Ose le répéter que ma femme est une poufiasse ! »

cour. Le sonneur est bien le surintendant. Sa chemise déchirée est maculée de sang, et il a de la difficulté à se tenir debout. D'une voix avinée, il bafouille quelques mots.

— Qu'est-ce qu'il dit ? demande Lanctot.

Désiré essaie de traduire.

— Je crois qu'il veut qu'on l'aide à mettre au cachot ses propres soldats et les policiers qui refusent de lui obéir. Une histoire de femme à ce qui semble...

— Tu plaisantes !

— Non, confirme le Dr Newcomb, il va même nous distribuer des fusils !!!

— Il se fout de nous ! Pourquoi on lui donnerait un coup de main ? *Bâtard,* c'est le monde à l'envers !

Le marchand Louis Bourdon intervient.

— Non, non ! Ce n'est pas fou... Si on lui sauve la mise, il nous en devra une et il ne pourra pas nous refuser certaines faveurs.

— Louis a raison, conclut Désiré. Samuel, va lui parler. C'est toi qui sais le mieux l'anglais.

Le docteur discute un moment avec l'infortuné surintendant déchu. Ce dernier l'invite à le suivre jusqu'à la maison. Ils en reviennent avec une brassée de *Brown Bess* chargés, qu'ils distribuent à cinq ou six volontaires, les autres ramassant ce qu'ils trouvent, haches ou manches d'outils, pour venir à la rescousse, au cas où l'affaire tournerait mal.

L'assaut est rapide et ne rencontre qu'une médiocre résistance, car les gardes et les policiers montés sont trop ivres pour se défendre. Ces derniers se laissent attacher les mains dans le dos et pousser sans ménagement à l'intérieur de leur caserne. Seuls deux ou trois durs à cuire, dont celui qui a rossé le surintendant, refusent de se rendre et combattent toujours à coups de chaises et de bouteilles brisées. Ils sont maîtrisés à leur tour. Reste, cependant, un dernier adversaire. Le plus redoutable : la femme à l'origine de la rixe. Une furie irlandaise, que son mari a surprise sur les genoux de Baddely. Dès qu'on s'approche d'elle, elle se met à mordre et à griffer en poussant des cris hystériques. Un des prisonniers, Charles Guillaume Bouc, qui a déjà traqué les bêtes sauvages et couru les bois, vient finalement à bout de l'enragée en lui enfilant sur la tête un sac de jute. Désiré la ligote solidement. Elle se débat encore.

Pendant ce temps, Louis Bourdon, qui s'est improvisé chef, va rendre compte des opérations au surintendant, lequel veut qu'on boucle tout son monde dans le cachot réservé à ceux qui désobéissent aux règlements. Les Canadiens se regardent, incrédules.

— C'est pas Dieu possible ! s'exclame Désiré. Nous voilà les geôliers de nos geôliers !

Louis Bourdon avait raison. Depuis l'histoire rocambolesque des gardiens mis en prison par leurs propres prisonniers, le surintendant Baddely a fait bien des concessions et a assoupli le régime du bagne. Moins d'heures de travail forcé, distribution de couvertures et, finalement, renvoi pur et simple des troupes affectées au camp. Désormais, ce seront les prisonniers qui se garderont eux-mêmes. Ils choisiront qui sera contremaître, portier ou gardien de nuit. Ils feront leur propre cuisine et, dans leur temps libre, ils pourront gagner un peu d'argent en ramassant sur le rivage des coquillages qu'ils revendront aux chauliers de Sydney.

En fait, depuis sa mésaventure, le surintendant n'a pas cessé de voir fondre son autorité au point d'être devenu la risée de la colonie et l'objet de critiques acerbes de la part de ses supérieurs. Sa santé s'en ressent et décline à vue d'œil. Rongé à la fois par la tuberculose et une syphilis mal soignée, il noie plus que jamais son amertume dans la boisson. Du coup, il est devenu totalement imprévisible. Il a de brusques colères, après lesquelles il s'enferme chez lui pour cuver son vin comme une bête brute. Les prisonniers, évidemment, en profitent. Aussitôt que le chat dort, ils ignorent le couvre-feu, se lèvent pour aller se promener une partie de la nuit, ou se réunissent à la cuisine pour s'y réchauffer en dégustant une assiette de ragoût de mouton ou un café de blé d'Inde grillé. Quand ils sont tous là, réunis autour du feu et, pour peu que Joson Dumouchelle sorte son violon, ils ont presque l'impression d'être au pays. Leurs yeux brillent, et leurs lèvres tremblent imperceptiblement, alors qu'ils marquent le rythme en tapant des mains et des pieds.

Désiré, lui, en profite pour passer de longues heures à parfaire ses connaissances auprès du Dr Newcomb. Analyses, symptômes des maladies, diagnostics, pharmacopée, anatomie n'ont peu à peu plus de secrets pour lui, et, chaque fois que le vieux médecin se rend au chevet d'un des malades du camp, il est là, curieux et attentif. Deux fois même, il a vu des amis expirer et leur a tenu la main jusqu'au bout. D'abord, ce fut Gabriel-Ignace Chèvrefils, saisi d'horribles maux de ventre inconnus. Puis, au cours d'une visite à l'hôpital de Sydney, l'aubergiste Louis Dumouchelle, frappé d'hydropisie, qui, avant de rendre le dernier souffle, criait : « Je ne veux pas mourir ici ! Je veux rentrer *cheux* nous ! Désiré, ne me laisse pas crever dans ce trou à rats ! »

L'idée de décéder comme eux loin de chez lui, loin des siens, loin de la femme qu'il aime terrifie également le forgeron. Quand il sent la panique le gagner, il a besoin de se raccrocher à quelque chose qui le rattache encore à son ancienne vie. Alors, il va s'asseoir seul dehors. Il sort la dernière lettre de Jeanne, qu'il porte au cou soigneusement pliée dans un petit sachet de cuir. Il la respire en quête d'une trace de parfum et il regarde le ciel rempli de constellations dont il ignore les noms à l'exception de la Croix du Sud, qui brille là-haut.

Un instant, il retrouve un peu de sérénité, puis, en levant les yeux au ciel, la peur et le doute l'assaillent de nouveau, et il se met à penser tout haut :

« Et dire que, si Jeanne regarde en ce moment les étoiles, elle ne voit pas les mêmes que moi ! »

Les semaines, les mois, les années ont passé.

Forçats modèles, plus éduqués que la moyenne, bons travailleurs, bons catholiques allant à la messe tous les dimanches, les Canadiens de Longbottom ont fini par prouver qu'ils ne sont pas des criminels ordinaires, et qu'ils peuvent faire autre chose que de paver des routes. Au fil du temps, ils ont donc progressé dans cette société composée en grande partie d'anciens forçats, où la respectabilité se mesure au degré de liberté accordé à chaque individu. De simples *convicts*[93], ils sont d'abord devenus, *assigned convicts*[94]. Des «loués» comme s'amuse à traduire Lanctot. Ce qui leur a permis de travailler un semestre par an chez différents bourgeois, au salaire mensuel de trente chelins, avec obligation de montrer leur permis lors des contrôles des policiers à cheval et de se présenter deux fois par mois au bureau de police. Puis ils se sont hissés au rang de *ticket of leave men*, autrement dit d'affranchis sous surveillance, ce qui leur a donné, cette fois, le droit de travailler à leur compte et de quitter, s'ils le voulaient, Longbottom. Ainsi, l'un après l'autre, malgré les multiples tracasseries bureaucratiques inventées par Baddely, les Canadiens ont franchi les portes du camp pour ne plus y revenir, plongeant le malheureux surintendant dans une profonde dépression et un éthylisme carrément suicidaire.

---

[93] Détenus.
[94] Détenus en devoir.

Ils sont devenus cordonniers, imprimeurs, jardiniers, bûcherons, débardeurs à Darling Harbour, potiers, fabricants de haches ou de canots[95], et ils ont si bien réussi que, malgré le chômage et le spectre de la banqueroute pesant sur la colonie, ils suscitent maintenant l'envie et la jalousie des Australiens de souche.

Assis à l'une des tables de l'auberge de la Jew's Harp, où tous les exilés canadiens ont coutume de se rencontrer pour lire les journaux, Désiré est justement en train de lire à haute voix un article du *Sydney Herald* qui les concerne.

> *Ces hommes ne méritent aucune pitié. Ils ont trahi le gouvernement britannique ; ils sont les ennemis de la reine, les ennemis de la patrie. Malgré cela, la rumeur veut qu'après avoir régné en maître, à Longbottom, ils s'imposent à Sydney et dans toute la Nouvelle-Galles du Sud. Ils sont plus libres que bien des citoyens honnêtes, obligés par ces temps difficiles de faire vivre une famille. Logés et nourris par l'État, ils amassent même un petit pécule grâce à différentes activités sur lesquelles les autorités ferment les yeux. Ils seront bientôt plus riches que nos honnêtes travailleurs…*

---

[95] Les métiers en rapport avec la loi et les écritures, ou les professions libérales leur furent cependant interdits si bien que ceux qui s'en tirèrent le mieux furent les manuels.

— Vous entendez ça, les gars! rit Désiré. Si on est gras dur à ce point-là, qu'est-ce qu'ils attendent pour nous renvoyer chez nous? Hein, on demande pas mieux!

La douzaine d'ex-prisonniers, qui fument ou jouent aux cartes, approuvent bruyamment.

— Oh que oui!

Désiré achève de vider son verre et se recoiffe de son *cabbage-tree hat*[96].

— Salut la compagnie!

Avant de sortir, il échange quelques mots avec des amis installés un peu plus loin. Le notaire Lanctot fait mine de refuser de lui serrer la main.

— Tu pues trop la laine de mouton! Dis donc, dans ton désert, là-bas, vous vous lavez de temps en temps?

— Quand est-ce que tu reviens? lui demande le Dr Newcomb.

— Je ne sais pas… C'est bientôt la tonte. Pas mal d'ouvrage! Quand je repasserai, je vous rapporterai vos livres, docteur.

— Y'a pas de presse, mon gars.

Désiré, en effet, ne vient à l'auberge qu'une fois par mois, quand il a fini d'acheter en ville les provisions commandées par son

---

[96] Immense chapeau à larges bords des cow-boys australiens. Il était fait de feuilles de palmier séchées et tressées.

patron, M. Griffin, un pur mérinos[97] qui possède une ferme à deux jours de cheval, au-delà des montagnes Bleues.

C'est là que le forgeron a trouvé un emploi de berger.

Le travail est dur, mais Désiré ne s'en plaint pas. Après des années d'enfermement, cette vie libre le revivifie. Il aimait les chevaux. Il est en selle d'une étoile à l'autre. Il aimait courir les chemins. Aux confins du désert, il fait paître trois mille moutons[98] sur d'immenses pâturages arides avec l'horizon et le ciel comme seules frontières.

Pistolet et couteau de chasse à la ceinture, la peau brûlée par le soleil, la barbe et les favoris longs, Désiré a encore quelques heures à perdre avant de quitter la ville. Comme il porte maintenant la chemise rouge et les hautes bottes à éperons des bergers australiens à chacune de ses visites il y a toujours quelqu'un pour s'étonner : « Comment, c'est toi, Bourbonnais ! *Saudit*, je ne t'aurais pas reconnu ! »

---

[97] En Australie, on appelait « purs mérinos » les sept mille émigrants de souche britannique qui arrivèrent avec les premiers moutons de race entre 1820 et 1830, et devinrent l'aristocratie des grands propriétaires terriens.

[98] Un troupeau ordinaire comptait deux mille têtes en moyenne. Les grands propriétaires en possédaient jusqu'à cent mille.

Désiré ne s'attarde jamais très longtemps. C'est l'heure de repartir. Il sort de l'auberge et enfourche sa monture. Il a hâte de quitter cette ville bruyante qu'il n'aime guère. Au pas lent de son cheval, il remonte George Street encombrée de calèches, de fiacres et de tombereaux. Non loin se dressent les bâtiments sinistres de Hyde Parks Barracks et les cottages de briques blanchis à la chaux de Kent Street, et, tout au nord, le quartier des Rocks avec ses bouges à soldats et à marins qui répandent partout une odeur tenace de rhum, d'huile de baleine et de phoque.

Voici enfin les faubourgs. Il n'y a presque plus personne. Seulement quelques mendiants, des chiens errants, des poules et des chèvres en liberté, qui s'écartent devant lui.

Le convoi de retour l'attend aux portes de la cité. Lui-même est prêt. Ses sacoches sont bourrées de thé, de sucre et de farine. Sa marmite de fer blanc et sa boîte d'amadou* sont attachées à sa selle, sa couverture roulée derrière le troussequin*. Il descend de cheval et attache sa bête à l'arrière du chariot qu'il doit conduire. Un coup d'œil au chargement. *Tout a l'air correct : au moins une tonne de sacs de pois et de tonneaux de lard salé.* Il réclame une paire de bœufs supplémentaire, qu'il ajoute aux deux paires déjà attelées.

Le convoi s'ébranle.

— Hi-dji! Désiré fait claquer la gigantesque lanière de son fouet[99].

Un *bullocky*[100] qui a déjà gardé les troupeaux avec lui remonte la filée des voitures bâchées, jusqu'à sa hauteur.

— Hello, le Canadien! Tu t'es bien amusé?

Désiré lui fait un geste familier et se cale confortablement sur sa banquette de bois.

La route va être longue.

Plus les chariots roulent vers l'ouest, plus les forêts s'éclaircissent pour laisser place, par-delà les montagnes, à une végétation de buissons et de savane d'où émergent des eucalyptus aux longues feuilles odorantes, des mimosas dorés, des banksias aux fleurs écarlates et des casuarinas qui agitent leurs plumets. En ce mois de juin, les nuits sont fraîches, mais, le jour, il fait très chaud, et des nuées d'insectes harcèlent bêtes et gens. Les bœufs se battent de la queue le flanc et se secouent la tête. Les hommes chassent les mouches et les moustiques de la main, mais,

---

[99] Ces fouets pouvaient avoir jusqu'à cinq mètres de long.

[100] Nom donné aux bergers et aux bouviers australiens. Les *bullocks* étaient en fait les bœufs des attelages.

toujours plus voraces, ceux-ci leur envahissent le nez, la bouche et les oreilles.

Désiré soulève son chapeau et s'essuie le front. À midi, la chaleur est telle que l'air vibre, faisant naître des mirages de lacs argentés.

Au milieu des pâturages brûlés par le soleil, la ferme est enfin en vue. Tout autour, parqués dans des enclos grossiers, bêlent des milliers de moutons qui se pressent les uns contre les autres.

M. Griffin n'est pas de bonne humeur.

La nuit précédente, on lui a dérobé une dizaine de brebis pure race, dont on a retrouvé les carcasses dans le bush[101].

— Des chiens sauvages? avance Désiré.

— Non, c'est pas les dingos. Ils chassent en meute, et on aurait entendu leurs aboiements. C'est un coup de ces sauvages de négros qui rôdent dans le coin. On a vu leurs feux, à trois milles à l'ouest, près de la rivière.

Un bouvier sort sa carabine de son étui.

— Vous voulez qu'on leur fasse leur affaire, patron?

Monsieur Griffin l'arrête.

— Plus tard. Pour le moment on a besoin de vous pour tondre. On est débordé. Demain: cinq heures.

---

[101] Région d'arbustes et d'arbres bas adaptés au climat semi-désertique.

Il se tourne vers Désiré.

— Toi, tu as pris les renseignements que je t'ai demandés ? Combien on peut en tirer cette année ?

— Un shilling la douzaine, patron. C'est le prix des moutons à Sydney.

Monsieur Griffin crache sa chique par terre et jure entre ses dents.

— *Damn* ! un penny par tête, ça n'a pas de bon sens. La laine, c'est pareil. Ça ne vaut plus rien. Si ça continue, il ne restera plus qu'à envoyer tout le troupeau au *boiling down*[102]. Bon, allez les gars, quand vous aurez déchargé, vous irez à la cuisine. Ma femme Lisbeth vous a préparé du *stew*[103] et du *damper*[104].

Tondre un mouton à l'aide de forces* sans le blesser est déjà tout un art. Y parvenir en moins d'une minute est un exploit à la portée de bien peu de tondeurs. Ceux-là sont

---

[102] Procédé qui consistait à entasser des moutons dans de grands chaudrons hermétiques et à les faire bouillir jusqu'à ce qu'il ne reste plus que le gras, qui fournissait du suif exporté ensuite en Angleterre.

[103] Ragoût.

[104] Pain de farine sans levain cuit sous la cendre.

des champions, sur qui on gage dans les concours de rapidité[105] attirant dans le hangar à laine tout le personnel du ranch.

Désiré est imbattable à cet exercice.

Depuis l'aube, le forgeron n'arrête pas. Il saisit la brebis, la renverse d'une main sur lui et, en quelques coups de ciseaux précis, lui rase le ventre, lui contourne les épaules et les cuisses pour lui décoller enfin toute sa toison d'une seule pièce, ne laissant à l'animal qu'une mince couche de laine immaculée.

Les deux autres tondeurs, qui besognent à côté de lui, essaient bien de suivre la cadence, mais en sont incapables. Ils perdent du temps à maîtriser un mouton rétif ou cisaillent avec maladresse, arrachant aux bêtes des bêlements plaintifs.

L'air empeste le suint. Toutes les issues ont été fermées pour que la température s'élève le plus haut possible[106] et rende les moutons moins agités. Les hommes ont beau être torse nu, ils ruissellent de sueur et doivent s'arrêter pour s'asperger et vider des cruches d'eau.

M. Griffin soupèse les monceaux de laine qui s'empilent en arrière des ouvriers. Il démêle

---

[105] Le record mondial est de 480 moutons tondus en huit heures.

[106] La température normale au moment de la tonte doit atteindre les 40 °C.

la fibre. Il la renifle. Dix-huit livres par bête. Cette année, la récolte ne sera pas si mauvaise.

Les muscles encore endoloris par plusieurs jours de tonte, Désiré s'est levé avec un sombre pressentiment. Il n'aime pas beaucoup la tâche qu'on lui a confiée. Le patron a été clair : « Vous me nettoyez le camp de ces sauvages ! »

Il vérifie son fusil et sa cartouchière, puis sort son cheval de l'écurie. Ses deux compagnons sont déjà en selle et s'impatientent. Désiré n'est pas précisément de leurs amis. Il sait, par contre, que ce sont de bons tireurs, les ayant déjà vus chasser le kangourou et abattre d'une seule balle des *old men*[107] en pleine course. Ce sont aussi d'anciens criminels. Des types qui aiment tuer et chez qui ce genre de chasse à l'homme excite les instincts les plus vils.

Le campement des aborigènes est au bord de la rivière Darling, dont le lit est presque à sec. Ils y seront avant la nuit. Désiré se souvient d'avoir rencontré des indigènes sur la

---

[107] Surnom familier des kangourous adultes réputés être très agressifs.

route de Parramatta. Ils semblaient inoffensifs et faisaient plutôt pitié avec leurs longues jambes maigres, leurs bouches édentées[108] et leurs ventres gonflés par la faim. On se moquait d'eux parce qu'ils avaient le nez transpercé par un os.

Les deux bergers qui l'accompagnent ne se posent pas de questions. Ils rient en se racontant comment, la dernière fois, ils ont éliminé toute une bande de ces «vermines» qu'ils ont coincées au bord d'une falaise et forcées à sauter dans le vide.

Les trois cavaliers ont mis pied à terre, car le terrain est trop broussailleux pour continuer à cheval. Ils ont décidé de suivre le lit de la rivière, qui se perd peu à peu dans un océan de roseaux.

Tout à coup éclate un rire diabolique. Désiré lève la tête. Le berger qui le précède lui désigne un oiseau à la cime d'un arbre.

— Kookaburra[109]!

Le soleil enflamme le bush de ses derniers rayons. Un demi-mille en aval, on aperçoit les lueurs du campement des voleurs de bétail,

---

[108] Traditionnellement, au cours de cérémonies d'initiation, on brisait aux jeunes adultes deux dents de la mâchoire supérieure à coups de pierre.

[109] Oiseau australien célèbre par son cri.

d'où s'élève une étrange mélopée comme si le même mot était répété indéfiniment. Parfois le chant s'arrête, et on entend un long appel de trompe[110] auquel se mêlent des mugissements inquiétants.

— C'est quoi ce bruit ? s'enquiert Désiré.

— Ça, c'est leur maudit *bull roarer*, une espèce de fronde qu'ils font tournoyer pour communiquer avec les esprits.

Les trois hommes se dispersent sans faire de bruit. Tapi dans l'ombre, Désiré découvre les indigènes. Ils dansent autour du feu, le visage peint en jaune, en noir et en rouge. Les femmes assises gémissent. Les hommes chantent en frappant le sol du pied. Par moments, ils brandissent un couteau de silex et se tailladent le corps en criant, comme pour chasser un ennemi invisible. Sur une plateforme rudimentaire, plusieurs d'entre eux sont assis en rond, bras tendus, dans l'attitude de la supplication. À leurs pieds gît le corps inerte d'un enfant.

Désiré comprend d'un seul coup qu'ils pleurent un des leurs et se livrent à une cérémonie funèbre. Où sont les restes des moutons supposément dérobés ?

---

[110] Les aborigènes australiens utilisent une trompe très longue appelée didgeridoo.

Les danseurs se sont rassis en silence autour du feu. À une trentaine de pieds à la droite et à la gauche de Désiré, les deux bergers ont déjà armé leurs fusils et ils font tant de bruit qu'ils ont dû être repérés déjà. Pourtant, autour du foyer, personne ne bouge. Désiré décide de se montrer à découvert. Soudain, l'un des indigènes se lève lentement. Un vieillard à la peau séchée et aux cheveux grisonnants. Souriant, il se dirige droit sur Désiré, un tison à la main[111]. L'ancien forgeron baisse son arme et fait signe aux deux autres gardiens de troupeaux d'en faire autant.

Un déclic.

Désiré s'écrie :

— Non ! Ne tirez pas !

Trop tard : un coup de feu claque. Puis un autre.

Le vieil homme bascule. Paniqués, les membres de son clan courent dans tous les sens. Un jeune garçon saisit un javelot. Une balle le frappe en plein cœur.

Désiré hurle :

— Mais bon Dieu, ils n'ont rien fait ! Arrêtez !

Les tueurs continuent leur carnage. Il entend même l'un des deux dire à son acolyte :

— Épargne les enfants. On pourra les revendre.

---

[111] Geste d'hospitalité.

Désiré lève alors son fusil de chasse à deux coups et le braque sur le premier berger.

— Lâche ton arme!

L'autre le dévisage, incrédule.

— Tu es cinglé! Qu'est-ce qui te prend, le Canadien?

Le berger, qui visait une des femmes, pointe brusquement sa carabine en direction de Désiré, qui riposte aussitôt en pressant la gâchette de son fusil. Le berger s'écroule. Son complice surgit à son tour, prêt à venger son camarade. Une nouvelle fois, Désiré est le plus rapide.

Tout se passe très vite. Il y a du sang partout. Les femmes, bras au ciel, s'agenouillent devant les cadavres et poussent des cris déchirants. Deux guerriers, lance à la main, s'apprêtent à fondre sur le jeune Canadien. Un vieil aborigène les arrête.

Désiré a l'impression de vivre une scène de cauchemar. Ces visages peints, ces yeux jaunes qui le fixent avec crainte, ces enfants qui pleurent…

Il recule, son fusil ouvert pour bien montrer qu'il n'a pas l'intention de s'en servir. L'ancien lui parle avec de grands gestes.

Désiré ne comprend pas.

— Je suis désolé!

Il n'a qu'une idée: fuir. Il pense rapidement. *Il faudrait pourtant leur dire de décamper au plus vite. Quand le patron ne verra pas ces deux-là revenir, il organisera une expédition punitive et les massacrera tous. Et moi, si je me pointe à la ferme, quelle explication je pourrai lui donner? Que j'ai voulu éviter une erreur?... qu'il fallait protéger ces pauvres gens?... Que je n'ai fait que me défendre?... M. Griffin me tuera. Non, je ne retournerai pas là-bas. J'ai de l'argent caché dans la couverture de mon missel. Vingt livres. De quoi payer mon passage pour le Canada, le jour où je recevrai mon pardon. Le pays est immense. Qui me retrouvera? Qui pensera même à me chercher?*

Désiré remonte en selle et éperonne son cheval.

Un dingo hurle à la lune.

L'aube se lève. Désiré, qui a galopé une bonne partie de la nuit sur un semblant de piste, doit laisser souffler son cheval. Il conduit sa monture au fond d'un vallon où coule une rivière, sur laquelle flotte une vapeur bleutée[112]

---

[112] Ce phénomène a inspiré le nom des célèbres montagnes Bleues, qui constituèrent longtemps un obstacle infranchissable à la colonisation de l'arrière-pays.

qui semble émaner des eucalyptus géants. Debout sur la grève, il regarde un moment sa jument en train de se désaltérer. Il pense à Princesse. Le soleil, qui joue sur l'eau, y allume mille paillettes de lumière.

Le rouquin ferme les yeux, ébloui. Quand il les rouvre, trois étrangers l'encerclent. Ils sont vêtus de veste de peau de kangourou et chaussés de mocassins. L'un tient à la main un coutelas à longue lame. Ses deux acolytes brandissent des pistolets d'arçon. Désiré lève les bras lentement. Des forçats évadés. Des *bushrangers*. Un geste malheureux, et ils le dépèceront vivant.

Désiré note que les bandits ont laissé leurs chevaux au sommet de la colline. Sur ceux-ci sont attachés des quartiers sanglants de viande de mouton. Ce sont eux, les voleurs de bétail.

Le chef de la bande saisit Désiré par les cheveux et lui flanque la lame de son couteau sur la gorge.

— Tu as de l'argent ?

D'un geste, Désiré répond par la négative.

Le voleur lui fouille les poches, gardant ce qui lui semble avoir quelque valeur.

— C'est quoi, ce bouquin ?

— Mon missel.

La crapule jette le livre au loin.

— C'est tout ce que tu as ?

Désiré opine de la tête. Il sent le fil de la lame peser un peu plus sur son cou.

— Tu ne vaux même pas qu'on gaspille une balle pour te tuer.

Désiré sent le froid de l'acier qui fend la peau. Son sang gicle sur les pierres de la rive. Un voile noir passe devant ses yeux. Il pense : *Ça y est, je suis mort !*

Est-ce que je rêve ou suis-je vraiment mort ?

Désiré a l'impression de flotter aux frontières du néant comme une épave que la mer rejette sur la plage et remporte à chaque marée. Son rêve est traversé par des chants lancinants et des visions d'indigènes aux visages fantomatiques qui se penchent sur lui. Il y a aussi le murmure de l'eau sur les cailloux dorés. Des mains qui le palpent. Un vieil aborigène qui lui sourit. Des hommes qui s'éloignent, leurs javelots sur l'épaule. Des femmes qui leur emboîtent le pas, leur *nolla-nolla*[113] à la main et leurs bébés dans des bandoulières d'écorce.

Quand il reprend ses esprits, il est seul. Un curieux objet a été déposé dans sa main, une sorte d'amulette couverte de figures peintes. Autour de lui sont éparpillés tous les effets

---

[113] Bâton servant à fouiller le sol.

personnels que les bandits ont tenté de lui voler. Bizarrement, ils lui ont laissé aussi son cheval. La rivière est toujours là, mais il a l'impression que le paysage a changé, car le débit de l'eau est plus torrentueux, et la vallée plus encaissée. Il ne se souvient pas non plus d'avoir fait du feu. Pourtant, juste à ses pieds, des branches noircies achèvent de se consumer au milieu d'un cercle de pierres noircies. Il se tâte la gorge. Une sorte de pansement de feuilles sèches imbibées d'un onguent malodorant y est appliqué.

Quelqu'un l'a soigné. Mais qui est ce mystérieux bon samaritain ? Le vieil aborigène de ses songes ? Un jeteur de sort, un de ces *kalkas* qui, dit-on, peuvent enlever des organes des corps malades et refermer les plaies sans laisser la moindre trace ?

Désiré descend au bord de la rivière. Il y plonge ses deux mains réunies en coupe et s'asperge la face. Le soleil est aveuglant, et non seulement la surface de l'eau, mais tout le lit de la rivière semble brasiller. Plusieurs galets brillent d'un tel éclat que le forgeron ne peut résister à l'envie de les examiner de plus près. Il avance donc dans le courant jusqu'à mi-cuisse, plonge la main et ramasse un de ces cailloux. C'est un gros morceau de quartz plaqué de croûtes et d'incrustations d'un jaune étincelant.

Une pépite d'or !!!

Désiré n'en croit pas ses yeux. Il ramasse une autre roche. Elle brille aussi de mille feux. Une autre pépite. Elle doit bien peser cinq livres. Désiré retourne chercher son cheval. Il récupère ses fontes vides et son missel, puis ramasse autant de métal précieux qu'il peut en transporter dans ses sacoches de cuir. Celles-ci sont si lourdes qu'il a de la difficulté à les réinstaller sur la croupe de sa jument.

Il remonte en selle.

— Allez, ma belle ! On s'en va.

Juste avant de sortir de la vallée, il se retourne une dernière fois cherchant quelques points de repères afin de fixer dans sa mémoire l'emplacement de ce fabuleux Eldorado[114].

Tout à coup, dressé sur un piton rocheux, il lui semble distinguer une silhouette humaine qui lui fait comme un signe. Désiré fait faire demi-tour à son cheval.

L'apparition s'est évanouie.

---

[114] En fait, la ruée vers l'or australien eut lieu cinq ans plus tard, en 1851. Edward Hargraves découvrit les premières pépites dans la vallée de la Macquarie, près de Bathurst. Plusieurs sites aurifères devinrent célèbres dans le monde entier : Ophir, Bendigo, Ballarat, la Croix-du-sud. Il s'agissait d'or alluvial, c'est-à-dire charrié par les rivières. C'est en Australie qu'on découvrit les plus grosses pépites du monde. La Black Lead (1869) pesait 71 kg. La plaque Holterman (1872), trouvée à Hill End, 235 kg.

Épilogue,
Juillet 1847-juillet 1848

Après des mois d'absence, Désiré pousse la porte de la Jew's Harp. Habituellement enfumée et grouillante de monde, l'auberge est presque vide. Près de la fenêtre, le Dr Samuel Newcomb est absorbé dans un travail d'écriture. Il remonte ses bésicles,* qui tombent sur son nez, et s'exclame :

— Seigneur Jésus Marie ! Un revenant !

Les deux amis s'embrassent. Le brave docteur a changé. Il a les traits tirés et le teint jaune de ceux qui souffrent du foie. Désiré est frappé par ses mains. Ses veines dessinent un réseau bleu sur sa peau parcheminée couverte de taches brunâtres. Il a un flot de choses à raconter. Le surintendant Baddely est mort comme un chien. Pas des poumons mais de la vérole. C'est le dernier forçat de Longbottom, dont il avait fait son domestique, qui l'a enterré. Louis Bourdon, avec la complicité d'un capitaine français, a fui sur un navire de Brest. Joseph Marceau s'est marié avec une Australienne et a décidé de refaire sa vie ici. Mais la grande nouvelle est arrivée de Grande-Bretagne, le mois dernier. Le gouvernement de Sa Majesté leur a accordé leur grâce, et tous ceux qui en ont les moyens peuvent rentrer au Canada. Déjà trente-huit sont partis sur *l'Achille* et le *Saint-George*. Avec Charles-Guillaume Bouc, Joseph Guimond, Étienne Languedoc et Jean-Baptiste Trudel, ils ne sont donc plus que six à attendre leur départ. Ce qui ne saurait tarder, car le gouverneur, sir Georges Gipps en personne, l'a convoqué pour l'informer qu'au pays nombre de députés du Canada-Uni soutiennent leur cause, et qu'une association s'est formée pour recueillir des fonds destinés à ceux qui n'ont pas de sous. L'Association de la Délivrance. D'après Newcomb, les fonds devraient arriver bientôt par courrier…

Désiré l'arrête et lui prend les deux mains. Le docteur a les yeux embués de larmes.

— Samuel, fais tes bagages. L'argent, je l'ai !

Depuis le matin, Désiré surveille le chargement de ses ballots de laine à bord du *Guiding
Star*[115], qui lève bientôt l'ancre et doit rallier
Londres au début de juillet en passant par le
cap Horn.

L'idée des balles de laine pour cacher son
trésor et le soustraire aux douaniers lui est
venue tout naturellement à la suite d'une conversation à bâtons rompus avec Samuel.
Désiré parlait de moutons. Samuel de
mythologie et de voyage sur les mers. Le docteur, qui avait des lettres, raconta alors à son
jeune disciple la légende de la Toison d'or, lui
apprenant que le fameux bélier à la toison
dorée que Jason déroba n'était probablement
qu'une simple peau de mouton servant aux
orpailleurs de Colchide pour retenir les paillettes d'or recueillies dans leurs cours d'eau.
Désiré avait la solution. Il réduisit ses pépites
en poudre, acheta un lot de laine mérinos
dans laquelle il saupoudra son or, et le tour
était joué. Quel fonctionnaire irait mettre son
nez dans une cargaison aussi banale ? Pour
financer le tout, il lui suffit ensuite de fondre
en cachette quelques petits lingots et de les

---

[115] L'Étoile du Berger.

écouler discrètement. Ce qui fut fait, le port de Sydney ne manquant pas d'individus louches, prêts, contre une bonne commission, à acheter ces quelques livres de métal précieux sans trop s'interroger sur sa provenance.

Le *Guiding Star* glisse doucement hors du port. C'est un élégant voilier, flambant neuf qui a déjà battu le record de la traversée. Élégamment habillés, Désiré et Samuel sont sortis pour voir s'éloigner la côte.

Personne pour leur dire adieu. Nulles attaches. Nuls regrets. Sinon celui d'avoir perdu huit précieuses années loin de leur patrie.

Le navire vient de doubler le phare à l'extrémité de North Head. Les dunes et les plages couronnées de broussailles ne sont plus qu'une mince ligne grise qui s'efface à jamais.

Très vite, Désiré et son compagnon ont pris le rythme du bord. Comme autrefois sur le *Buffalo*, il n'y a pas grand-chose à faire.

Observer les marins qui grimpent dans les hunes. Aller à la proue admirer les dauphins qui filent de concert avec le navire. Saluer un autre bateau. Dormir, manger, lire, prendre l'air sur le pont promenade.

La seule différence est que, cette fois-ci, les deux amis ne font pas le voyage parqués dans un entrepont répugnant, mais partagent plutôt une cabine luxueuse lambrissée d'acajou et dînent à la table du capitaine, qui est servie par un maître d'hôtel à gants blancs.

Désiré profite des longues heures dont il dispose pour approfondir les connaissances médicales qu'il a déjà acquises auprès de Samuel. Ensemble, avec l'accord du capitaine, ils dissèquent les animaux du bord fraîchement tués, au grand dam du cuisinier, qui proteste, considérant qu'on lui abîme sa viande. Le navire est le lieu idéal pour apprendre. Presque chaque jour, le médecin du bord a quelques patients à soigner et accepte volontiers que Désiré l'assiste. Un marin est tombé d'une vergue. Un autre s'est enfoncé une alène dans la main, ou a un vilain abcès dentaire, qui le fait souffrir horriblement.

Pendant ce temps, le *Guiding Star* poursuit sa course à travers le Pacifique et se rapproche des côtes chiliennes. Il pleut. Parfois, il grêle et, la nuit, il commence à neiger. Sur le pont, les passagers se font plus rares, et la mer devient si mauvaise que les deux hommes de barre, pour ne pas être emportés, doivent s'attacher avec des câbles à la roue du gouvernail. Une brume épaisse enveloppe le vaisseau jusqu'au niveau des mâts, et il fait si sombre qu'on doit allumer des fanaux en plein jour.

Plus au sud, la température chute encore. D'immenses glaces flottantes se brisent sous l'étrave, et le voilier, certains matins, se réveille couvert de givre, son pont gelé, ses voiles figées, et ses cordages alourdis par des dagues de glace.

L'océan est désormais presque constamment en furie, et le vent souffle avec une telle force que les matelots, malgré le froid qui leur brûle les mains, doivent monter dans les mâts pour réduire la voilure en prenant des ris*.

Par un temps pareil, impossible de dormir. Le vaisseau craque tellement qu'on a l'impression qu'il va se disloquer.

La tempête dure depuis une semaine. Profitant d'une légère accalmie, Désiré rejoint le commandant Jones, qui, vêtu d'un suroît et porte-voix à la bouche, se tient sur la dunette.

— Comment ça va en bas? sourit l'officier avec une pointe d'ironie.

— Ça brasse *en maudit*, lui répond Désiré, qui s'accroche de son mieux à une drisse*. Où sommes-nous?

— En travers du Cap, mon ami!

— Quel cap?

— LE CAP! Le Cap Horn! Voilà plus de trois jours que je frappe à sa porte et qu'il me refoule. Mais, cette fois, si le vent ne me joue pas de tour, je pense qu'on va le doubler.

Désiré lève la tête. Le vent gonfle les voiles et fait siffler les haubans. Le capitaine, bien campé sur ses deux jambes, a suivi son regard.

— C'est beau, hein? Respirez-moi cet air! Écoutez-moi cette musique. C'est le chant du monde!

Et Désiré fait ce que M. Jones lui dit. Les cheveux au vent, il respire à pleine poitrine. Il suit le mouvement du voilier, qui gravit les montagnes d'eau, plonge et se redresse dans un grand éclaboussement d'écume.

Et pour la première fois depuis son départ d'Australie, il se sent vraiment libre.

Après une dernière tempête essuyée au large des Malouines et une courte escale à Pernambouc pour réparer les voiles, le

Guiding Star cingle enfin sans problème à travers l'Atlantique, si bien qu'au début de juillet le voici en vue des côtes anglaises.

Bref séjour à Londres, le temps de trouver un autre navire en partance pour les Amériques, et, le 13, Désiré et le docteur Newcomb embarquent sur le paquebot *Britannia*[116]. La traversée s'effectue sans histoire et, dans les premiers jours de septembre, se produit le moment tant attendu… Un soir, une petite lumière clignote droit devant.

— Un bateau de pêche sans doute ? demande Désiré.

— Non, sir, répond un marin qui répare une élingue*, assis sur le rouf* avant, c'est le phare du cap Bonavista[117], à la pointe de Terre-Neuve.

Désiré court chercher le docteur et l'aide à marcher jusqu'à la proue du navire. Et ils restent là, tous les deux, une bonne heure à fixer ce minuscule point lumineux comme si cette étoile leur indiquait le chemin de la terre promise.

Huit jours plus tard, le 10 septembre, le *Britannia* mouille devant Québec. Le cap

---

[116] Un des premiers paquebots. Lancé en 1840.
[117] Construit en 1843.

Diamant, les fortifications, les clochers de la haute-ville, rien n'a changé. Pourtant, Désiré a l'impression que la ville est plus petite. Plus grise que dans son souvenir. Le Dr Newcomb, par contre, est très ému. Il pleure sans arrêt et pose sa main droite sur son cœur comme pour vérifier s'il bat encore. Désiré doit le soutenir au moment de descendre la passerelle. Une de ses parentes, religieuse à l'Hôtel-Dieu, l'attend sur le quai. Discrètement, Désiré la prend à part.

— Je pense que Samuel ne va pas très bien. Il a besoin de repos.

Le visage, elle aussi, baigné de larmes, la sœur le rassure :

— Son lit est prêt au couvent. Ne vous inquiétez pas. Nous allons prendre bien soin de lui.

Soudainement fragile et inquiet tel un enfant à l'heure du départ, le vieux docteur fait tout ce qu'il peut pour retarder le moment de la séparation. Avant de monter dans la voiture qui doit l'emporter, il serre Désiré dans ses bras et lui répète d'un ton suppliant, comme s'il redoutait de ne jamais le revoir :

— Tu me promets de continuer d'étudier, hein ? On vient d'ouvrir une école de médecine et de chirurgie à Montréal. Il faut que tu t'y inscrives. J'appuierai ta candidature. Tu as les qualifications[118]. Dès que j'irai mieux, je retournerai à Chateauguay. Je te trouverai un cabinet, une pratique…

La calèche s'éloigne enfin. Le médecin sort sa main par la portière et l'agite faiblement.

Désiré a la triste impression qu'il s'agit d'un adieu pour toujours.

Ses ballots de laine déchargés, Désiré a d'abord trouvé un entrepôt à demi-abandonné où il a pu laver les toisons et récupérer l'or

---

[118] Jusqu'en 1831, on apprenait la médecine en étudiant quatre ou cinq ans avec un praticien avant de passer un examen oral devant un bureau d'examinateurs composés de médecins et de chirurgiens militaires nommés par le gouverneur. Plus tard furent offerts aux étudiants des cours privés, et beaucoup d'entre eux allaient se perfectionner aux États-Unis, à Paris, à Édimbourg et à Londres. En 1823 fut fondée la Montreal Medical Institution qui deviendra en 1829 la faculté de médecine de l'Université McGill, associée au General Hospital. Puis en 1843, un groupe de médecins créèrent la Montreal School of Medecine and Surgery, qui indépendante de McGill, fut incorporée en 1845. Cette école attribuait des certificats permettant d'obtenir une licence de pratique sans passer par le bureau des examinateurs. Le Collège des médecins fut instauré deux ans plus tard. Pour devenir docteur, il fallait alors avoir au moins 21 ans, avoir étudié quatre ans auprès d'un autre médecin, avoir suivi deux cours de six mois à l'université ou dans une école de médecine incorporée, ou encore avoir pratiqué un an dans un hôpital.

qui y était caché. Puis, dans un four artisanal, il a fondu le métal, qu'il a réussi à revendre en faisant affaire avec un banquier pas trop regardant et plusieurs bijoutiers de Québec.

Avec son curieux accent anglais, son teint bronzé et son large chapeau, il n'a eu aucune difficulté à se faire passer pour quelque nabab de retour des Indes, et c'est le portefeuille bien garni qu'il embarque sur le vapeur à destination de Montréal.

Confortablement couché sur une chaise longue, il écoute le battement régulier des roues à aubes. Il a ouvert sur ses genoux le petit coffret qui contient ses souvenirs les plus précieux : la dernière lettre de Jeanne, la boucle de cheveux d'Hindenlang, le morceau de bois décoré de signes mystérieux et d'animaux peints, cadeau sans doute des aborigènes de la rivière Darling.

Non loin de lui, une jeune Anglaise, plutôt jolie, sirote sa tasse de thé en faisant tourner le manche de son ombrelle au creux de son épaule. Elle cherche visiblement à entamer la conversation.

— C'est la première fois que vous venez au Canada, je suppose ?

Désiré referme son coffret.

— Oui, je crois que c'est un peu ça…

— Comment, vous croyez ? Vous n'en êtes pas sûr ?

— C'est parce que j'ai vécu ici, il y a très longtemps et tant de choses ont dû changer. Après neuf ans d'absence, qui se souviendra encore de moi ?

Trois mois se sont écoulés. Désiré a commencé à suivre ses cours de médecine à l'Université McGill. Appuyé sur une des colonnes de la toute nouvelle Banque de Montréal, où il vient de déposer une partie de sa fortune, il s'arrête un moment pour écouter sonner les cloches de la basilique Notre-Dame, toute nouvelle, elle aussi. Un jeune prêtre en soutane traverse, à petits pas pressés, la place d'Armes enneigée. Une famille d'émigrants irlandais pousse de peine et de misère une charrette remplie de hardes. Sortant du séminaire des Sulpiciens, un commis d'épicerie remonte sur le siège de sa voiture de livraison et crie à son attelage : «Marche donc ! »

Désiré sourit. Il est bien de retour chez lui. Il y avait si longtemps qu'il n'avait pas entendu ces deux mots simples au lieu du «hi-dji» australien. «Marche donc ! » Oui, c'est exactement la ligne de conduite qu'il doit suivre. Aller de l'avant...

Il tombe quelques flocons ouateux.

Au bout du trottoir de bois, des voitures attendent les clients. Désiré demande au cocher en tête de file de le conduire en dehors de la ville, jusqu'à Saint-Eustache. Celui-ci refuse prétextant que la course est trop longue, et son cheval trop vieux. Désiré se prépare à faire la même proposition au cocher suivant quand, tout à coup, la bête attelée au traîneau qu'il vient de laisser pousse des hennissements et se met à ruer dans les brancards.

— Whooo! crie le conducteur. Calme-toi, espèce de charogne!

Désiré, sans trop savoir pourquoi, s'approche de l'animal rétif. C'est un petit cheval canadien de plus de dix ans. Il est en assez pitoyable état. Les côtes saillantes, le poil crotté, c'est pourtant une jument robuste qui a dû, vu sa musculature, être une sacrée bonne trotteuse. Désiré prend le cheval par la bride et lui caresse le front.

— Belle bête que vous avez là.

— Une rosse, vous voulez dire! Une vieille *picouille* que je me suis fait refiler par un habitant!

La jument souffle très fort des naseaux et, derrière ses œillères, lance des regards affolés.

— Méfiez-vous, elle mord! l'avertit le cocher.

— Doux, doux! Ma belle…

Désiré continue de flatter l'animal, qui peu à peu se calme et finit par poser sa tête sur son épaule.

Désiré est saisi d'un doute.

— Il venait d'où celui qui vous a vendu ce cheval?

— Je ne sais pas trop, répond l'autre. Saint-Benoît… Saint-Eustache… dans ce bout-là…

Désiré embrasse le museau de la jument.

— Princesse, c'est pas possible… C'est toi, hein? Toi, tu m'as reconnu tout de suite.

Il se retourne vers le cocher ahuri.

— Je vous achète ce cheval et le *sleigh* aussi. Combien en voulez-vous?

Après avoir franchi la rivière Jésus à la hauteur de Sainte-Rose, le traîneau descend le chemin de la Grande-Côte. De temps en temps, Désiré rencontre un autre boghei et échange avec son conducteur un salut de pure politesse.

En traversant le village, il est étonné de constater que toute trace de dévastation a presque disparu. Les demeures effondrées ont été relevées. À peine si l'église rebâtie porte encore sur sa façade la trace des impacts de boulets.

Le petit cheval canadien, qui semble avoir recouvré une partie de sa vigueur d'antan, trotte à vive allure, et Désiré n'a pratiquement pas à le guider. On dirait que, par la force des vieilles habitudes, il a retrouvé tout naturellement le chemin tant de fois emprunté : la Grande-Côte, le chemin du Grand-Chicot.

En dehors du village, par contre, le passage des pillards est toujours visible. Ici, une ferme abandonnée. Là, une grange brûlée.

Désiré range sa voiture devant la forge de Tancrède Chauvin. À l'intérieur, on entend le tintement familier du marteau sur l'enclume. Il entre. Le forgeron, manches retroussées, est en train de battre un fer à cheval. Il n'a pas entendu Désiré. Soudain, il relève la tête et reste bouche bée.

Désiré lui sourit.

— C'est moi !

La nouvelle s'est répandue comme une traînée de poudre, et, dans la boutique de forge remplie de monde, Désiré est l'objet de mille questions. Pour ces fermiers dont l'univers ne va pas au-delà d'Oka ou de Sainte-Scholastique, revenir d'Australie, c'est comme tomber de la lune. Est-ce vrai que « cette île est peuplée de cannibales et que les rats y ont la taille d'un veau ? » À chaque détail que Désiré donne sur sa captivité, les hommes sacrent d'étonnement, tandis que les femmes répriment un frisson en resserrant leur châle sur leurs épaules. Les cruchons de petit blanc circulent. On parle naturellement de politique, et, comme autrefois, Tancrède en a contre les faux patriotes, les Lafontaine qui maintenant partagent le gouvernement avec un Anglais, les Papineau qui siègent au Parlement, et tous ceux qui, aux temps difficiles, ont fui lâchement.

Désiré, lui, s'intéresse plus à ce qu'il est advenu des gens du village. Le curé Paquin a quitté la place. Hippolyte Laflamme est maintenant notaire à Grand-Brûlé et est de toutes les fêtes patriotiques.

— Et Narcisse ? demande Désiré sans rien laisser paraître de l'émotion qui l'étreint.

— Ah oui ! s'écrie le forgeron, forcément... Tu n'es pas au courant. Narcisse est mort l'an dernier.

Narcisse, mort ! Le cœur de Désiré se met à battre très fort. Mais il n'ose pas encore croire à sa bonne fortune. Narcisse mort, cela veut dire que Jeanne… Il faut en savoir davantage.

— Et que lui est-il arrivé ?

— Emporté par l'épidémie de choléra ou de typhus. Je ne sais plus trop. Il avait beaucoup de dettes. Il est allé *traficoter** à Québec pour essayer de profiter de tous ces pauvres Irlandais qui arrivent ici à pleins bateaux. Il paraît que, dans leur pays, ils crevaient de faim. Toujours est-il que le Narcisse s'est rendu dans l'île où on les gardait en quarantaine. Il pensait soutirer à ces malheureux le peu d'argent qu'ils avaient en leur promettant de les sortir de là. Seulement, beaucoup étaient malades, et, lui aussi, il a attrapé leur maladie. À cause des poux à ce qu'on dit. Et puis il est mort là-bas.

— Comme un pou ! ajoute une voix.

— Ouais. Personne ne l'a pleuré, celui-là. La seule qui fait pitié dans cette affaire, c'est sa pauvre femme !

Désiré tente désespérément de dissimuler le trouble intérieur qui l'agite.

— Et pourquoi donc ?

— Elle a tout perdu. Ruinée. Elle a dû vendre la ferme, les bêtes. Tout.

— Mais son oncle, le curé, ne lui est pas venu en aide ?

— Non. Il ne veut rien savoir d'elle pour on ne sait quelle raison. Elle vit avec sa petite, au bout du rang, chez une vieille tante dont elle prend soin. Une vieille haïssable qui lui mène la vie dure. Mais, allons, ne gâchons pas la fête ! Tiens, mon Désiré, bois un coup ! À ton retour !

— À ton retour ! reprennent en chœur tous les villageois rassemblés.

Dimanche.

Désiré sort de chez le notaire. Hippolyte Laflamme s'empresse autour de lui. Il faut dire que l'ancien apprenti forgeron est désormais un homme très riche.

Fabuleusement riche.

— Ainsi, tout est réglé.

— Oui, oui ! Les papiers sont signés. Le domaine est à vous. Bien qu'à mon avis la ferme de Narcisse ne valait pas la moitié de ce que vous avez payé.

Désiré lui sert la main, peu désireux d'allonger la discussion avec ce grand « patriote » qui, comme tant d'autres, a toujours eu l'art de faire de beaux discours et de traverser les pires tempêtes politiques sans perdre de vue ses intérêts personnels.

Désiré embarque dans sa carriole neuve. Il secoue les guides.

— Marche donc, Princesse !

Le petit cheval secoue les bandes de grelots de son harnais et part en trombe. Il neige de nouveau. La glisse est excellente. Le traîneau file sur le chemin réduit à deux lignes blanches qui, à l'horizon, semblent rejoindre le ciel.

— Allez, ma belle!

Désiré se sent dix ans plus jeune. Il voudrait, lui aussi, se fondre dans ce paysage tout blanc où les formes s'effacent. Abolir le passé. Se libérer des chaînes du souvenir. Recommencer une vie nouvelle…

— *Envoye*, Princesse! Plus vite!

La jument semble avoir compris les désirs de son maître. L'écume à la bouche, elle galope au risque de renverser le *sleigh,* qui, dans les virages, fait des embardées dangereuses ou ne glisse plus que sur un patin. Saint-Eustache est tout proche. On aperçoit la fumée des maisons que le froid fige audessus des toits. Les cloches de l'église appellent les paroissiens à la messe…

La vie est là, toute simple. Inchangée.

Désiré laisse souffler un peu Princesse. Au bord de la route, au milieu des champs balayés par la poudrerie, marche une femme tenant une enfant par la main. L'enfant est habillée avec plusieurs épaisseurs de vêtements trop grands. La femme, elle, est enveloppée, comme une sauvagesse, dans une mauvaise couverture.

Pas de doute, c'est elle !

Désiré arrête sa carriole à leur hauteur.

— Vous allez au village ? Montez.

— Ce n'est pas de refus, dit la femme en soulevant sa fillette pour la faire monter.

À ce moment, elle relève la tête, et son regard croise celui de Désiré. Ses lèvres se mettent à trembler.

— Désiré !

— Jeanne.

Il lui tend la main pour l'aider à son tour. Elle s'assoit et tire sur les jambes de sa fille la lourde couverture de *buffalo*[119] que lui tend Désiré. Puis elle ôte ses moufles et souffle sur ses doigts engourdis par le froid.

Désiré, d'un cri, a relancé Princesse au trot.

— C'est ta fille ? s'informe-t-il.

— Oui, elle s'appelle Joséphine.

— Quel âge as-tu Joséphine ?

L'enfant répond en retirant son bonnet de peau à oreilles. Elle a une magnifique chevelure blond roux.

— Neuf ans, monsieur.

Désiré lui passe la main sur la tête.

---

[119] Couverture de fourrure faite souvent de peau de vison ou de peau d'ours.

— Tu es vraiment un beau brin de fille…

Les pensées de Désiré se mêlent. Il voudrait trouver les mots. Il ne trouve que des phrases maladroites.

— Tu sais, j'ai racheté la ferme Cheval…

Jeanne ne dit rien. Elle renifle de temps en temps comme si elle ravalait ses larmes.

— Je l'ai mise à ton nom… Je viens de chez le notaire Laflamme.

Jeanne sanglote doucement.

— Ça ne te fait pas plaisir ?

Désiré sent une main qui cherche la sienne sous l'épaisse fourrure.

— Si, répond-elle en posant la tête sur son épaule.

— Tu sais, j'étudie pour être docteur…

— Tu ne veux plus soigner les chevaux ?

— Non, maintenant je préfère m'occuper des gens…

Désiré fait claquer son fouet de sa main libre.

— Marche, Princesse ! Cours ! Vole ! Il ne faudrait pas que nous soyons en retard à la messe !

Lexique

Adon : Hasard, occasion.

Albion : Nom traditionnel de la Grande-Bretagne.

Allumer (s') : Allumer sa pipe.

Amadou : Substance spongieuse inflammable.

Amorce : Capsule ou matière servant de détonateur.

Bâton à fouir : Bâton servant à creuser et à fouiller dans les terriers.

Beaupré : Mât oblique à l'avant du navire.

Berçante : Chaise berceuse.

Berlot : Traîneau bas à deux sièges.

Bésicles : Lunettes pincées sur le nez.

Bidou : Argent.

Bigorne : Petite enclume à deux cornes.

Boghei : Voiture sur roues.

Bougrine : Pardessus ou veston rustique.

Boulé : Fier-à-bras, bagarreur.

Bourdon : Grosse cloche à son grave.

Bourre : Tampon servant à caler une cartouche.

Bretter : Perdre son temps.

Briquet (Battre le) : Heurter une pierre à briquet pour en tirer une étincelle et faire du feu.

Brocs : Fourche.

Brûle-gueule : Pipe.

Buvette : Petit bar.

Cabrouet : Sorte de charrette de promenade.

Canadien : Au XIXe siècle, le mot désigne les Canadiens français exclusivement par opposition aux Anglais.

Canadien (cheval) : Race de chevaux descendant des premiers chevaux de la Nouvelle-France. De petite taille, ils sont réputés pour leur robustesse et leur rapidité.

Canardière : Fusil à long canon pour la chasse aux canards.

Capine : Coiffe de femme enveloppant la tête.

Capot : Manteau de laine à capuchon.

Capot de chat : Manteau de fourrure pour homme en chat sauvage.

Carapater (se) : S'enfuir lâchement.

Caribou : Mélange de whisky et de vin.

Carriole : Traîneau d'hiver sur patins bas.

Catalogne : Tapis tissé.

Ceinture fléchée : Large ceinture de laine à motifs en forme de pointe de flèche.

Châlit : Cadre de bois supportant le matelas.

Chanfrein : Bas de la tête du cheval (entre le front et les naseaux).

Chantepleure : Robinet.

Chien : Pièce d'une arme à feu qui, autrefois, portait le silex.

Chienne : Tabouret grossier à trois pattes.

Chouayen : Loyaliste, partisan du gouverneur.

Coureur de nuit : Rôdeur.

Créature : Jolie femme.

Cutter : Voiture d'hiver légère sur patins élevés et à devant étroit.

Dégrayer (se) : Se déshabiller.

Demiard : Mesure de capacité équivalant à un quart de pinte ou 0,284 litre.

Désâmer (se) : Travailler jusqu'à s'épuiser.

Dolman : Veste militaire ajustée à brandebourgs.

Drisse : Cordage servant à hisser les voiles.

Droguet : Étoffe de laine bon marché.

Écouvillon : Brosse à manche long servant à nettoyer les canons.

Élingue : Filin ou cordage.

Engagère : Servante.

Espagnolette : Ferrure à poignée servant à ouvrir ou à fermer les anciennes fenêtres.

Esse : Pièce de métal en forme de «s» servant à renforcer un mur.

Estafette : Messager.

Étrave : Pièce saillante formant la proue du navire.

Fabrique : L'ensemble des clercs et des laïcs chargés de l'administration des fonds et des revenus affectés à la construction et à l'entretien d'une église.

Fardier : Chariot à deux ou quatre roues servant à transporter des fardeaux très lourds.

Fend-le-vent : Prétentieux, arrogant.

Fenil : Partie de la grange où l'on conserve le foin.

Fléau : Outil servant à battre le blé.

Forces : Ciseaux.

Fourbissez : Fourbir ses armes. Se préparer à la guerre.

Frappe-devant : Gros marteau de forgeron.

Gaillard d'avant : Partie extrême du pont supérieur.

Galetas : Logement sordide

Garde-chiourme : Geôlier.

Gazette : Journal.

Goutte (crise de) : Inflammation douloureuse des articulations.

Grigne : Croûton de pain.

Guindeau : Cabestan horizontal servant à remonter l'ancre.

Habeas corpus : Loi assurant à tous un procès juste, et prévenant les emprisonnements arbitraires.

Haubans : Cordages servant à assujettir le mât.

Haut-mal : Épilepsie.

Herminette : Outil à fer plat ou courbe servant à aplanir ou à creuser le bois.

Jaspiner : Bavarder.

Jocrisse : Hypocrite, canaille.

Joual vert (être en) : être fâché.

Lisse : Patin de traîneau.

Loutre de laine : Laine imitant la fourrure.

Mailloche : Gros maillet.

Main de beurre : Maladroit.

Mange-Canayen : Personne hostile à la cause des Canadiens français.

Mange-curé : Anticlérical.

Médicastre : Mauvais médecin, charlatan.

Meneau : Traverse d'une fenêtre de bois.

Mossel (avoir du): Être musclé, très fort.

Moton (faire le): S'enrichir.

Moulin à carde: Moulin où l'on démêlait et peignait la laine.

Pagée: Tronc posé entre deux pieux servant de clôture.

Palette: Visière.

Parti (de cavaliers): Petit groupe de militaires pratiquant les attaques surprises.

Passe: Laissez-passer.

Patroneux: Politicien corrompu. Distributeur de faveurs.

Pavé: Nom que les marins donnent au pont du navire.

Peau de carriole: Couverture de fourrure.

Percheron: Gros cheval de trait.

Phaéton: Petite voiture légère à quatre places, très haute sur roues.

Picouille: Mauvais cheval vieux ou malade.

Pisse-vinaigre: Personne aigrie qui critique tout.

Pistolet d'arçon: Gros pistolet que l'on place dans les fontes de la selle.

Porte-clés: Gardien de prison.

Quarteron: Ancienne unité de poids valant un quart de livre.

Reel : Danse, sorte de gigue.

Régulier : Soldat de métier.

Rigodon : Danse traditionnelle.

Ris : Chacune des bandes horizontales des voiles, qu'on replie pour diminuer la surface de voilure.

Rouf : Petite construction élevée sur le pont d'un navire.

Rôdeur de côte : Pillard, brigand.

Sauvage : Autochtone (le terme, au XIXe siècle, n'est pas forcément péjoratif).

Serre-file : Soldat placé derrière une troupe pour surveiller et faire activer les traînards.

Sleigh : Traîneau à patins et à coffre élevés.

Soulier de beu : Botte sans semelle faite de gros cuir.

Souliers mous : Mocassins, chaussures sans semelle faites de peau d'orignal, de chevreuil ou de caribou.

Tafia : Eau-de-vie faite avec de la mélasse et des débris de canne à sucre, rhum de mauvaise qualité.

Tillac : Pont supérieur d'un navire.

Tourne-clés : Gardien. Synonyme de porte-clés.

Traficoter : Se livrer à des manœuvres frauduleuses.

Train (faire le) : Nourrir les bêtes.

Traîne-misère : Pauvre, indigent.

Troussequin : Arcade postérieure de la selle.

Truie : Poêle à bois grossier.

Vantail : Panneau, battant de porte.

Virer capot : Changer d'opinion par opportunisme.

Virer (en eau de vaisselle) : Ne pas aboutir.

Quelques sources et témoignages d'époque sur les Patriotes de 1837

AUBIN, Georges, *Au Pied-du-Courant, lettres des prisonniers politiques de 1837-1839*.

DAVID, L.-O., *Histoire des patriotes*.

DESRIVIÈRES, Adélard-Isidore, *Mémoires de 1837-1838*.

DUBOIS, Émile (abbé), *Le feu de la Rivière-du-Chêne*.

DUCHARME, Léandre, *Journal d'un exilé politique aux terres australes*.

FAUTEUX, Aegidius, *Patriotes de 1837-38*.

FILTEAU, *Histoire des patriotes*.

GLOBENSKI, Maximilien, *L'Insurrection de 1837 à Saint-Eustache*.

LANCTOT, Hippolyte, *Souvenirs d'un patriote exilé en Australie*.

PAQUIN, Jacques, *Journal historique*.

PERRAULT, Louis, *Lettres d'un patriote réfugié au Vermont*.

POUTRÉ, Félix, *Échappé de la potence, souvenirs d'un prisonnier d'État*.

PRIEUR, François-Xavier, *Notes d'un condamné politique de 1838*.

TABLE DES CHAPITRES

DANIEL

MATIVAT

Daniel Mativat, professeur à la retraite, a écrit une trentaine de romans pour la jeunesse, qui vont du roman fantastique à l'adaptation d'œuvres médiévales, en passant par le récit humoristique. Émigré au Québec il y a plus de trente ans, il se passionne pour l'histoire du Québec remplie de hauts faits, mais également ponctuée de sombres chapitres…

Collection Conquêtes